# Drink it

# Drink it

Ein Fantasy-Krimi

von

Christina Lutter

Bibliografische Information der Deutschen Nationalbibliothek: Die Deutsche Nationalbibliothek verzeichnet diese Publikation in der Deutschen Nationalbibliografie; detaillierte bibliografische Daten sind im Internet über dnb.dnb.de abrufbar.

Lektorat: Birgit Pachler (BiPas Lektorat)
Cover Design: Andrei Bat (https://99designs.com/pro-files/bandrei)

Verlag: BoD · Books on Demand GmbH, In de Tarpen 42, 22848 Norderstedt
Druck: Libri Plureos GmbH, Friedensallee 273, 22763 Hamburg

ISBN: 978-3-7597-6995-4

# Prolog

Es hätte eine Nacht wie jede andere werden sollen. Der junge Mann war an einem Freitagabend mit seinen Freunden in einer Kneipe, die im Bezirk von Gangnam, Seoul, war, verabredet. Ohne es zu ahnen, würde die Nacht jedoch ganz anders enden als geplant.

Der junge Mann machte sich allein zu Fuß auf den Heimweg.

Die Nacht war lau und der Himmel wolkenlos. Hell leuchtete der Vollmond auf die Straßen von Seoul. In so manchen dunklen Gassen war er die einzige Lichtquelle in der Dunkelheit.

Der junge Mann fürchtete sich nicht. Schon Hunderte Male war er diesen Weg allein zu Fuß gegangen. Von seiner Stammkneipe führten mehrere Wege zu seiner Wohnung, doch er nahm immer denselben: die Hauptstraße entlang, durch den kleinen Park und anschließend durch kleinere Gassen, die ihn direkt in seine Straße führten. Er konnte den Weg nach Hause sogar sturzbetrunken gehen und beherrschte ihn selbst im Schlaf. Der Mann kannte jede Ecke auf diesem Weg genau. Morgen musste er zur Arbeit, weshalb er sich mit Soju zurückgehalten hatte und beim Bier geblieben ist.

In einer lauen Nacht wie dieser, inmitten von Seoul, im Bezirk Gangnam, kam es selten vor, dass ihm um diese Uhrzeit niemand begegnete. Heute war es eine solche Nacht, in der kein Mensch auf den Straßen war. Alles war ruhig. Der Mann konnte lediglich seine eigenen Schritte und das entfernte Rauschen der Autos auf der Hauptstraße hören. Obwohl es stockfinster war, war er sich sicher, dass ihm jemand folgte. Zwar konnte der junge Mann keine Schritte hören, aber er spürte, dass er beobachtet wurde.

Er drehte sich herum, konnte jedoch niemanden sehen.

„Hallo?", fragte der Mann in die Dunkelheit. Keine Antwort. Er runzelte die Stirn, denn er war sich sicher, dass sich jemand am Ende der Gasse befand.

„Ist da jemand?", versuchte er es noch einmal, doch wieder bekam er keine Antwort. Stockdunkel und still lag die Gasse vor ihm. Niemand war zu sehen. Scheinbar hatte er es sich doch nur eingebildet.

Der Mann wusste, dass die Straßenlaternen in diesem Teil des Viertels nicht funktionierten. Ein Kurzschluss ein paar Tage zuvor war dafür verantwortlich. Dennoch hatte er beschlossen, seine gewohnte Route nach Hause zu nehmen.

Der Mann drehte sich wieder um und setzte entschlossen seinen Weg fort. Ein bisschen amüsierte er sich über sich selbst, denn er war es von sich selbst nicht gewohnt, in so einer Situation nervös zu werden.

Am anderen Ende der Gasse angelangt, ging der junge Mann um die Ecke und trat ins Licht der Laternen. Erleichterung überkam ihn und er lächelte in sich hinein.

Wenn er dies seinen Freunden am nächsten Tag erzählen würde, würden sie ihn vermutlich auslachen.

Mit leichteren Schritten setzte der Mann seinen Weg fort. Doch dann hörte er es, Schritte, die ihm folgten.

Der Mann drehte sich erneut um und siehe da! Jemand stand auf einmal an der Straßenecke zu der Gasse, die er soeben verlassen hatte.

Sie starrten sich ein paar Momente lang schweigend an. Die andere Person stand dicht am Gebäude neben der Gasse und war fast vollständig in Dunkelheit gehüllt. Das Licht der Straßenlaterne ging lediglich bis zu dessen Hüfte.

„Kann ich Ihnen helfen?", fragte der junge Mann, doch die Gestalt rührte sich nicht. Komisch, dachte er sich und begann, auf sie zuzulaufen. „Geht es Ihnen nicht gut?" Keine

Antwort. „Mein Freund ist Polizist, er kann Ihnen helfen, wenn Sie jemanden brauchen", versuchte er es erneut und nahm sein Handy aus der Hosentasche, um es der Person zu zeigen.

Der junge Mann war nun etwa zwei Meter von der Figur entfernt, konnte deren Gesicht aufgrund des Schattens der Laterne aber noch immer nicht sehen. Nur die Augen konnte er erkennen. Selbst in der Nacht spiegelte sich das dunkle Licht in ihnen. Das Weiß der Augen strahlte so dermaßen hell, dass er hätte glauben können, es wäre gar nicht Nacht. Und die Iris hatte eine Farbe, die schwer zu beschreiben war: dunkel, aber doch strahlend. Es war ein Braun mit einem roten Schimmer. Der junge Mann war sich nicht sicher, ob er dies richtig sah. Die Gestalt war fast so groß wie er und hatte eine schlanke Figur. Die Kleidung, deren Farbe er im orangenen Licht der Laterne nicht ausmachen konnte, betonte die schlanke Taille, was ihn glauben ließ, dass er eine Frau vor sich hatte. Der junge Mann ließ nun all seine Vorsicht fallen, da es nicht so aussah, als würde eine Gefahr von der Gestalt ausgehen.

„Ich tue Ihnen nichts, ich kann Ihnen helfen."

Plötzlich ertönte ein lautes Geräusch hinter dem Mann. Erschrocken drehte er sich um. Es hörte sich an wie ein Schlag auf einen Müllcontainer. Allerdings konnte er nicht ausmachen, woher das Geräusch kam.

„Wenn Sie Hilfe brauchen, kann ich Ihnen helfen", meinte der Mann erneut und drehte sich wieder zur Gestalt um. „Ich wohne nicht weit …" Er unterbrach sich selbst, da die Person plötzlich verschwunden war.

Der junge Mann blickte zurück in die dunkle Gasse, doch er konnte niemanden entdecken. Verwirrt sah er sich ein paar Minuten um, aber er konnte die Frau nicht mehr finden.

„Hoffentlich findet sie nach Hause", flüsterte der Mann mit einem Stirnrunzeln und setzte seinen Weg fort.

Was er jedoch nicht wusste, war, dass er von den Dächern der umstehenden Häuser aus von jemandem beobachtet wurde und er sein Zuhause in dieser Nacht nicht mehr erreichen würde.

Nur wenige Minuten später, als der junge Mann endlich die Straße seiner Wohnung erreichte, beschloss die Gestalt auf den Dächern zuzuschlagen.

Das Letzte, woran sich der Mann erinnern konnte, war ein Schatten, der von oben herab auf ihn fiel, und ein Schrei, der sehr nach seiner eigenen Stimme klang. Danach war alles schwarz.

## Kapitel 1

Lee Minsoo hasste es, am Wochenende durch einen Anruf geweckt zu werden. Es war Samstagfrüh, gerade einmal 5 Uhr morgens – seiner Meinung nach noch mitten in der Nacht –, als ihn sein Handy aus dem Schlaf klingelte.

„Ja?", nahm Minsoo den Anruf mit rauer Stimme entgegen. Er machte sich nicht einmal die Mühe, die Augen zu öffnen, um zu sehen, wer der Anrufer war.

„Minsoo, komm sofort aufs Revier!", hörte er die Stimme seines Kollegen Moon Yujun.

„Ich habe heute frei", grummelte Minsoo ins Telefon und war gerade dabei, das Gespräch zu beenden, als er ein lautes „HALT!" aus dem Handy vernahm. „Was?!", fragte Minsoo gereizt und öffnete endlich seine Augen. Nun war er doch wach und verfluchte Yujun innerlich, an seinem freien Tag von ihm gestört zu werden. Es war schließlich nicht das erste Mal, dass er von ihm geweckt wurde. Erst vor wenigen Monaten hatte es einen Mord in Gangnam gegeben, der in seinen Zuständigkeitsbereich gefallen war. In dieser Zeit hatte Yujun ihn mehrfach aus dem Schlaf geklingelt, weil er scheinbar eine Spur verfolgte. Vor etwa zwei Wochen haben sie den Fall endlich abschließen und der Staatsanwaltschaft übergeben können. In der Zwischenzeit hatte Minsoo nicht einen freien Tag, um den Mistkerl zu schnappen, der den Mord begangen hatte.

Er hoffte daher, zu Yujuns eigenem Wohl, dass er einen guten Grund vorweisen konnte, warum er ihn heute aus dem Schlaf klingelte.

„Es gab letzte Nacht einen Angriff. Ein Schwerverletzter wurde ins Krankenhaus gebracht", erklärte Yujun nun.

„Wenn niemand tot ist, ist es doch nicht mein Problem", sagte Minsoo ärgerlich und drehte sich auf die andere Seite.

Schließlich handelte die Mordkommission nur, wenn es einen Mord gab – oder zumindest einen Mordversuch. Doch in der Regel dauerte es mehr als nur ein paar Stunden, um festzustellen, ob es sich um einen Mordversuch gehandelt hatte.

„Es ist nun doch dein Problem, weil Hoon dieser Schwerverletzte ist!", sagte Yujun nun gereizt. „Also schlepp deinen jämmerlichen Arsch hierher und komm mir nicht mit ‚Ich habe heute frei'!"

Diese Information ging durch Minsoos Körper, als wäre er in Eiswasser getaucht. Abrupt setzte er sich auf und strich seine Haare zurück.

„Hoon wurde angegriffen? Wann?", fragte er bestürzt.

„Gestern auf seinem Weg nach Hause. Er wurde in der Straße vor seiner Wohnung blutüberströmt von Passanten gefunden. Beeil dich und komm her, damit wir ins Krankenhaus fahren können!"

„Bin sofort da!" Minsoo beendete sogleich das Telefonat und zog sich in Windeseile an. Als er sein Gesicht wusch, verriet ihm ein kurzer Blick in den Spiegel, dass seine Haare wie ein Vogelnest aussahen. Doch das kümmerte ihn in diesem Moment überhaupt nicht. Auf seinem Weg zur Tür sah er auf einer Kommode ein Pfefferminzbonbon liegen. Minsoo griff danach, auch nach seiner Jacke und den Schlüsseln. Er rannte die Treppe hinab, stieg in sein Auto und fuhr so schnell er konnte zum Revier. Yujun wartete bereits vor dem Eingang auf ihn und stieg hastig ins Auto ein, während Minsoo den Pfefferminzbonbon auspackte und ihn sich in den Mund steckte.

„Welches Krankenhaus?", fragte er.

„SNUH Gangnam", antwortete Yujun und Minsoo stieg aufs Gas.

„Was ist genau passiert?", wollte Minsoo wissen, als er sich in den Verkehr eingefädelt hatte. „Ihm ging es doch gut, als wir uns gestern verabschiedet haben."

„Ich weiß auch nichts Genaueres", antwortete Yujun besorgt. „Er wurde um kurz nach 4 Uhr von einem Bewohner seines Wohnhauses gefunden, der schließlich den Rettungswagen gerufen hat. Im Revier erzählt man sich, dass er blutüberströmt war und der Nachbar daher dachte, er wäre tot. Zum Glück wurde er rechtzeitig gefunden und ist noch am Leben. Mehr weiß ich auch nicht. Ich habe erst vor Kurzem den Namen des Opfers erfahren und dich sofort angerufen."

„Woher kam das Blut?", bohrte Minsoo nach. „Hat er eine Stichwunde? Wurde er verprügelt? Oder wurde er vielleicht angeschossen?"

„Ich weiß es nicht. Fahr – fahr bitte langsamer!" Yujun musste sich am Seitengriff der Tür festhalten, da Minsoo so schnell, im Grunde genommen zu schnell in die Kurven fuhr. „Wir sind Hoon keine Hilfe, wenn wir bei einem Autounfall umkommen!"

„Du hast doch gesagt, ich soll mich beeilen", entgegnete Minsoo, drosselte aber sein Tempo, da er seinem Freund recht gab.

Minsoo, Yujun und Hoon waren seit der Schulzeit miteinander befreundet. Auch wenn sie unterschiedlichen Alters waren, hat sie dies nie gestört. Alle drei waren relative Außenseiter in der Schule gewesen und haben dadurch Freundschaft geschlossen. Eine Freundschaft, die bis ins Erwachsenenalter gehalten hat.

Aufgrund ihres Berufs fehlte Minsoo und Yujun jedoch oft die Zeit, sich mit Hoon zu treffen, weshalb sie sich nur noch gelegentlich sahen. Gestern Abend war eine der seltenen Gelegenheiten, etwas gemeinsam zu unternehmen und auf einen wichtigen Fall, den sie endlich abgeschlossen hatten, anzustoßen.

Minsoo hatte allerdings nicht damit gerechnet, nur wenige Stunden später, nachdem er sich von Hoon verabschiedet hatte, auf dem Weg zu ihm ins Krankenhaus zu sein.

Minsoo und Yujun waren dem Krankenhauspersonal bekannt, weshalb man sie direkt zu Hoons Station führte. Dort trafen sie auf Kommissar Ju, der als Erster am Tatort war.

„Junwoo", begann Minsoo, sobald sie ihn sahen. „Was ist passiert?"

„Hauptkommissar Lee, Hauptkommissar Moon!", entgegnete Junwoo überrascht, als er die beiden sah. „Was machen Sie denn hier?"

„Das Opfer ist ein Freund von uns", antwortete Yujun.

„Ich verstehe. Er wurde in der Straße vor seiner Wohnung gefunden", berichtete Junwoo. „Überall war Blut – auf dem Boden, auf dem Körper … So viel Blut habe ich schon lange nicht mehr gesehen", meinte der Kommissar nachdenklich. „Das Opfer war zwar bewusstlos, lebte aber noch. Ehrlich gesagt wundert es mich, wie er solch einen Blutverlust überhaupt überleben konnte."

„Woher kam denn das Blut?", wollte Minsoo wissen. „Durch eine Stich- oder Schusswunde?"

„Das weiß ich nicht. Ich habe bei all dem Blut keine Wunde erkennen können. Die Ärzte untersuchen ihn noch, wir müssen daher das Ergebnis abwarten."

Minsoo und Yujun tauschten Blicke aus. „Hast du schon mit Hoon sprechen können?"

„Nein", antwortete Junwoo. „Er ist noch immer bewusstlos."

Yujun bemerkte, dass der Kommissar zögerte. Er wollte ihnen Fragen stellen, war sich jedoch nicht sicher, ob er das tun solle.

„Frag, was du wissen willst! Wir werden kooperieren", sagte Yujun schließlich zu ihm.

„Wissen Sie, wieso das Opfer um diese Zeit draußen war?", fragte Junwoo. Die Hauptkommissare beantworteten seine Frage, indem sie ihm erzählten, gemeinsam unterwegs gewesen zu sein und sich um etwa 2 Uhr morgens voneinander verabschiedet zu haben.

„Dann ist das Opfer allein nach Hause gelaufen?", fragte Junwoo genauer nach und machte sich Notizen auf seinem Block.

„Ja, er wohnt nicht weit von der Kneipe entfernt", antwortete Minsoo und bereute es nun, dass ihn niemand nach Hause begleitet hatte.

Doch bevor er tiefer in Selbstkritik versinken konnte, kam jemand aus dem Zimmer, in dem Hoon untersucht wurde.

„Sind Sie Kommissar Ju?", fragte der Mann. Junwoo bestätigte dies, indem er seinen Polizeiausweis vorzeigte.

„Das sind die Hauptkommissare Lee und Moon von der Mordkommission", erklärte Junwoo. Schließlich stellte sich der Mann, der aus dem Zimmer gekommen war, vor.

„Mein Name ist Park Minho, ich bin der behandelnde Arzt des Opfers."

„Wie geht es ihm?", fragte Minsoo sogleich.

„Es geht ihm den Umständen entsprechend gut. Wir wissen noch nicht genau, was ihm fehlt, weshalb ich mit Ihnen reden wollte", erklärte Dr. Park.

„Wieso? Was ist mit ihm passiert?", fragte Yujun nach.

„Das wissen wir nicht", antwortete Dr. Park. „Herr Kim wurde als Schwerverletzter eingeliefert … Wir können aber keine Verletzungen finden."

„Was meinen Sie damit?", fragte Junwoo nach. „Woher kam dann all das Blut am Tatort?"

„Das kann ich Ihnen nicht erklären ..., noch nicht". Dr. Park runzelte die Stirn. „Das Opfer hat keine äußerlichen Verletzungen. Nichts deutet darauf hin, dass er so viel geblutet hätte. Auch das Röntgenbild gibt keine Hinweise auf innere Verletzungen. Seine Lunge klingt normal und sein ganzer Körper zeigt keine Anzeichen von Hämatomen. Wir haben auch eine Blutprobe entnommen und ins Labor geschickt, um festzustellen, ob es überhaupt das Blut von Herrn Kim ist."

„Wann wird Hoon wieder aufwachen?", fragte Minsoo nach.

„Er ist soeben wach geworden", sagte Dr. Park und trat einen Schritt zur Seite. „Wenn Sie wünschen, können Sie gern mit ihm sprechen."

**Kapitel 2**

Hoon war in einem Einzelzimmer untergebracht, wie es für Opfer von Gewaltverbrechen üblich war. Er war an einigen medizinischen Gerätschaften angeschlossen, die seinen Herzschlag überwachten und in die Stille hinein piepten. Zudem war er an einem Tropf angeschlossen, der bereits fast vollständig durchgelaufen war.

Minsoo hatte sich auf den Anblick vorbereitet, doch es ging ihm trotzdem durch Mark und Bein, als er das getrocknete Blut an Hoons Gesicht und Hals sah. Es war offensichtlich, dass sie während der Behandlung versucht hatten, das Blut wegzuwaschen. Da es bereits getrocknet war, musste das Opfer später selbst die Entfernung vornehmen.

Hoon war in einem Krankenhaushemd gekleidet und seine Arme lagen auf der Bettdecke. Somit konnte Minsoo auch die Überbleibsel des Blutes an seinen Armen erkennen.

Würde Hoon seine Freunde nicht anlächeln, als sie den Raum betraten, hätte Minsoo ihn für tot gehalten.

„Guten Morgen", begrüßte Hoon seine Freunde. „Ich hatte nicht damit gerechnet, euch so schnell wiederzusehen."

„Das ist nicht zum Spaßen", meinte Yujun ernst, trat neben das Krankenbett und sah sich alle Gerätschaften genauer an. Minsoo hingegen hatte nur Augen für Hoon.

„Wie geht es dir?", fragte Minsoo besorgt.

„Gut", antwortete Hoon. „Ich habe keine Verletzungen und sonst scheint auch alles in Ordnung zu sein."

„Bist du sicher, dass dir nichts fehlt?", fragte Minsoo nach und deutete auf die Blutflecken, die überall auf Hoons Haut zu sehen waren.

„Ja, sie haben mich von Kopf bis Fuß untersucht, aber nichts gefunden. Ich habe auch keinen übermäßigen Blutverlust, sagen sie. Das ist nur eine Kochsalzlösung", sagte

er und deutete auf den Tropf. „Es war wohl nicht mein Blut."
Hoon kratzte an den Blutflecken an seinem Arm herum. „Ich
wünschte, sie würden mich aufstehen lassen, damit ich mich
endlich duschen und das Blut abwaschen kann …"

„Was ist passiert?", fragte nun Junwoo und Hoon
bemerkte zum ersten Mal, dass jemand Drittes den Raum
betreten hatte. „Oh, Entschuldigung. Ich bin Kommissar Ju,
ich war der Polizist am Tatort."

„Oh, natürlich. Ich … ich weiß es nicht", antwortete
Hoon. Sein Lächeln verschwand plötzlich aus seinem
Gesicht. „Ich bin von der Kneipe aus meinen gewohnten
Weg nach Hause gelaufen. Irgendwann bemerkte ich, dass
mir jemand folgte. Ich habe mich umgedreht und sah eine
Frau, die mir jedoch nicht antwortete, als ich sie ansprach. Sie
ist dann weitergegangen und … das bin ich auch … Ich weiß
noch genau, dass ich in meine Straße einbog … Das wars."

„Haben Sie gesehen, ob Sie von jemandem angegriffen
wurden?", hakte Junwoo nach.

„Nein … das kann ja auch nicht sein, ich habe ja keine
Verletzungen."

„Haben Sie irgendeine Ahnung, woher das Blut kommen
könnte?", fragte Junwoo weiter.

„Nein, es scheint nicht mein Blut zu sein."

„Haben Sie sonst noch jemanden in der Nacht auf dem
Nachhauseweg gesehen?"

„Nur die Frau."

„Können Sie diese Frau bitte beschreiben? Kennen Sie sie
etwa?"

„Nein, ich glaube nicht, dass ich sie kenne. Ich konnte ihr
Gesicht in der Dunkelheit nicht sehen. Sie war fast so groß
wie ich, schlank …" Hoon zögerte, da er sich fragte, ob seine
Erinnerung ihn betrog. „Sie hatte braune Augen", antwortete
er schließlich.

**18**

„So groß wie Sie?", fragte der Kommissar nach.

„183 cm", antwortete Hoon und der Polizist starrte ihn entsetzt an.

„Eine Frau? So groß?"

„Wenn ich es Ihnen doch sage!", beteuerte Hoon und der Kommissar ergänzte seine Notizen.

„Lange oder kurze Haare?", fragte Junwoo weiter und notierte sich alles auf seinem Notizblock.

„Das kann ich nicht sagen."

„Wie alt schätzen Sie die Frau ein?"

„Ich habe ihr Gesicht nicht gesehen. Ich weiß es nicht."

„Wissen Sie sonst noch etwas von dem Vorfall?", fragte Junwoo schließlich.

„Nein, tut mir leid. Ich kann mich an nichts erinnern", antwortete Hoon.

„Nun denn ...", Junwoo steckte seinen Notizblock ein und bedankte sich bei Hoon. „Ich werde zurück aufs Revier gehen und weiter in dem Fall ermitteln. Hauptkommissar Lee, Hauptkommissar Moon, ich werde Sie auf dem Laufenden halten." Danach verbeugte sich Junwoo vor allen und verließ das Krankenzimmer.

Sobald die Tür hinter ihm geschlossen war, wandte sich Minsoo wieder an Hoon. „Ist das wirklich alles, was du noch von letzter Nacht weißt?"

„Natürlich", antwortete Hoon. „Ich möchte doch auch wissen, was passiert ist." Minsoo bemerkte jedoch, dass Hoon ihm nicht in die Augen blickte. Irgendetwas hielt er zurück. Allerdings konnte Minsoo nicht sagen, was es war und weshalb. Hoon war niemand, der ihm wichtige Informationen vorenthalten würde. Aus Respekt vor dem möglichen Trauma, das sein Freund erlitten haben könnte, bohrte Minsoo nicht weiter nach. Soweit die Information wichtig für die Ermittlungen sein würde, würde Hoon ihm

dies mitteilen, sobald er bereit dazu war. Davon war er
überzeugt.

**Kapitel 3**

Hoon wurde nach nur einer Nacht Aufenthalt im Krankenhaus entlassen, da er absolut keine Verletzungen erlitten hatte. Die Ärzte warteten jedoch noch das toxikologische Gutachten ab, bevor sie ihn nach Hause entließen. Als dieses negativ ausfiel, hatten sie keinen Grund mehr, ihn im Krankenhaus zu behalten. So wurde Hoon am nächsten Morgen als völlig gesund entlassen.

Zu Minsoos Frustration kamen die Ermittlungen in Hoons Fall nicht wirklich voran. Gemäß seiner Aussage hat Kommissar Junwoo versucht, die Frau zu finden, die er in der Nacht gesehen hatte. Aufgrund Hoons spärlicher Beschreibung gestaltete sich dies jedoch schwierig. Und obwohl sie im Fernsehen davon berichteten und darum baten, es möge sich jeder melden, der in der Nacht etwas gesehen hatte, insbesondere diese Frau, kamen keine brauchbaren Rückmeldungen von möglichen Zeugen.

Ein paar Tage später war es dann so weit: Das Ergebnis des Bluttests wurde an das Revier übermittelt. Und das Resultat verwirrte nicht nur Dr. Park selbst, sondern auch Junwoo, Minsoo und Yujun. Sämtliches Blut, das am Tatort und auf Hoons Körper gefunden wurde, war sein eigenes. Aufgrund der Menge des Blutes, die er offensichtlich verloren hatte, sollte er mausetot sein. Als Minsoo ihm dies mitteilte, blickte Hoon an sich herunter und kniff sich in den Arm. „Ich lebe aber noch", stellte er fest und sah seinen Freund verwirrt an.

„Das sehe ich auch, du Idiot", sagte Minsoo und schlug Hoon mit dem Blatt Papier auf den Kopf. „Ich lese nur vor, was da drinsteht. Es bedeutet am Ende nur, dass du verdammt viel Glück hattest, dass du nicht verblutet bist!"

Hoon nickte und schwieg einige Momente in sich hinein.

„Aber wo ist denn das ganze Blut hergekommen?", wollte er dann doch wissen und stellte damit die Frage, mit der sich die Ärzte seit Tagen beschäftigten. Auch Minsoo konnte sie nicht beantworten und seinem Freund auch nicht länger verbergen, dass er sich große Sorgen um ihn machte.

Wenn er darüber nachdachte, dass Hoon in einer solchen Blutlache gefunden wurde und hätte tot sein müssen, lief es ihm eiskalt den Rücken hinunter. Glücklicherweise ist nichts Schlimmeres passiert, aber unheimlich war es trotzdem, nicht zu wissen, woher das Blut überhaupt gekommen war.

„Warst du jemals Blutspenden?", fragte Minsoo schließlich, doch Hoon schüttelte den Kopf. Damit war auch diese Theorie ausgeschlossen und so hatte er keinen Anhaltspunkt mehr, in dem Fall weiter ermitteln zu können.

Wäre es wenigstens das Blut von jemand anderen gewesen, hätte er nach einem Täter oder einem weiteren Opfer in der DNA-Datenbank suchen können. Doch mit diesem Ergebnis landeten sie in einer Sackgasse. Es schien, als wäre Hoon eines Abends einfach umgefallen, hätte ohne eine Wunde zu haben mehrere Liter Blut verloren, das sich wieder selbst gebildet hat, bis der Rettungswagen gekommen war. Es war mehr als nur merkwürdig.

So verging eine ganze Woche, in der Junwoo zu keinem Ergebnis gekommen war. Schließlich haben seine Vorgesetzten entschieden, den Fall zu schließen, da tatsächlich niemand verletzt wurde und Hoon wohlauf war. Auch Minsoo musste einsehen, dass er seinem Freund ohne weitere Informationen nicht helfen konnte. Trotz allem machte er sich noch immer Sorgen um ihn.

Bald jedoch wurde Minsoo von etwas anderem abgelenkt, da er am Samstagmorgen erneut von Yujun aus dem Schlaf geklingelt wurde.

„Wenn es nicht mindestens so wichtig ist wie letzte Woche, bring ich dich um", grummelte Minsoo müde in sein Mobiltelefon.

Yujun ging nicht auf seine Drohung ein und informierte ihn nur über den Grund seines Anrufs. „Es wurde eine Leiche hinter Lloyd's Bar gefunden. Ich bin schon am Tatort." Danach legte Yujun auf. Minsoo drehte sich auf den Rücken und strich sich den Schlaf aus den Augen.

Hoffentlich würde der Fall nicht so anstrengend werden wie der letzte, dachte er sich, als er aufstand und ins Bad ging, um sich eilig zu duschen.

Eine halbe Stunde später erreichte Minsoo den Tatort, der bereits von Polizisten abgesperrt war. Minsoo zeigte seine Marke und wurde durch die Absperrung hindurchgelassen. Die Kollegen von der Spurensicherung waren schon vor Ort und nahmen Bilder vom Opfer und der Umgebung auf. Yujun stand ein paar Schritte entfernt und sprach mit einem anderen Polizisten, der recht bleich im Gesicht war.

„Guten Morgen!", sagte Minsoo und bot Yujun einen Becher Kaffee an, den er unterwegs für ihn besorgt hatte. „Was haben wir?"

„Das Opfer ist weiblich, 23 Jahre alt, und stammt aus Busan. Ihr Name ist Kim Seyoon. Sie war hier vermutlich zu Besuch oder im Urlaub", las Yujun von einem Ausweis vor, der in einer Plastiktüte steckte.

„War der Gerichtsmediziner schon hier?", fragte Minsoo weiter und nahm einen Schluck von seinem Kaffee, während er sich umsah.

„Nein, er müsste aber gleich kommen", meinte Yujun und schaute auf seine Uhr.

Minsoo sah sich den Tatort nun genauer an. Er befand sich in einer Gasse hinter der Bar namens „Lloyd's Bar". Die

Gasse war gerade einmal breit genug, damit zwei Menschen bequem aneinander vorbeilaufen konnten. Die Häuser an beiden Seiten waren sehr hoch. Obwohl es bereits taghell hätte sein sollen, war es noch immer recht dunkel in der Straße.

Das Opfer saß an die Rückwand der Bar gelehnt auf dem Boden. Sein Kopf war zur Seite geneigt und sein Hals somit gestreckt. Die dunklen Haare fielen der Frau über das Gesicht. Sie trug ein weißes Top mit einer schwarzen kurzen Lederjacke darüber. Skinny Jeans bedeckten ihre Beine und sie trug schwarze High Heels. Eine weiße Handtasche lag neben ihr am Boden, der Inhalt war bereits als Beweismittel eingetütet und neben der Leiche auf dem Boden ausgebreitet.

Auf dem ersten Blick konnte Minsoo kein Blut erkennen, die Beurteilung dessen überließ er aber den Profis.

Der Gerichtsmediziner, Lee Inyoung, kam nur wenige Momente später und stellte sicher, bevor er mit seiner Tätigkeit begann, dass die Spurensicherung mit dem weiblichen Opfer fertig war. Als diese ihm ihre Zustimmung gaben, zog er sich Handschuhe über und begann, es vorsichtig zu untersuchen, zunächst ohne es zu bewegen. Er tastete die Frau am Kopf ab, danach ging er weiter über den Hals zu ihren Schultern und Armen. Auch ihre Beine tastete er ab. Er öffnete ihre geschlossenen Augen, sah sich diese genauer an und öffnete ihren Mund. Schließlich legte er sie zur Seite und tastete ihren Oberkörper ab.

Der Gerichtsmediziner erhob sich und zog mit einem lauten Ratschen seine Handschuhe wieder aus. „Die Todesursache ist noch unklar", sagte er zu Minsoo und Yujun. „Ich muss sie in der Gerichtsmedizin genauer untersuchen."

„Wie lange ist sie schon tot?", wollte Yujun wissen.

„Seit etwa 4 bis 5 Stunden", sagte Herr Lee. Yujun sah auf seine Uhr.

„Also ist sie zwischen 1 Uhr und 2 Uhr gestorben", ergänzte er. Yujun nickte. „Vielen Dank, wir warten auf Ihren Bericht."

Minsoo und Yujun beobachteten, wie der Gerichtsmediziner das Opfer in einen Leichensack einpackte und mithilfe der Polizisten in sein Auto brachte.

„Lass uns mal hier umsehen! Vielleicht ist noch jemand in der Bar, der uns sagen kann, was gestern hier passiert ist", sagte Yujun zu Minsoo und machte sich auf, die Gasse zu verlassen. Doch Minsoo folgte ihm nicht. Etwas hatte plötzlich seine Aufmerksamkeit erregt, wovon er seinen Blick nicht abwenden konnte. Er zog seine eigenen Handschuhe aus seiner Tasche und streifte sie über.

Minsoo ging auf den Gegenstand zu, der sein Interesse geweckt hatte, und hob ihn auf. Es war ein Ring. Ein schwarz-silberner Ring mit römischen Zahlen darauf. Er lag genau an der Stelle, an der soeben noch das Opfer an der Wand gelehnt war.

Minsoo übergab den Ring den Kollegen der Spurensicherung, damit sie ihn offiziell als Beweismittel aufnehmen konnten. Danach folgte er Yujun in die Lloyd's Bar.

## Kapitel 4

Die Bar war geschlossen und niemand war anzutreffen. Auf dem Schild war zu lesen, dass die Bar um 16 Uhr öffnet und um 3 Uhr am nächsten Morgen wieder schließt. Minsoo und Yujun vereinbarten, am Nachmittag wieder vorbeizukommen.

Von der Bar aus gingen sie getrennte Wege und befragten Passanten, die ihnen um diese Uhrzeit über den Weg liefen. Dies waren hauptsächlich Berufstätige und Studierende, die auf die Arbeit oder zur Universität unterwegs waren. Von dem Opfer wusste niemand etwas.

„Ich habe eigentlich nichts anderes erwartet", sagte Minsoo zu seinem Partner, als sie sich wieder vor der Gasse trafen.

„Was für eine Zeitverschwendung!", bestätigte Yujun und steckte leicht verärgert seinen Notizblock weg. Er hatte nicht einen einzigen Hinweis aufgeschrieben. „Lass uns lieber die Dashcams von den Autos hier besorgen!" Er deutete auf die Fahrzeuge, die am Straßenrand parkten. Minsoo stimmte ihm zu und begann, die Wohnhäuser abzuklappern, um die Eigentümer der parkenden Autos zu finden.

Yujun hingegen fotografierte die Straße von allen möglichen Richtungen, um deren Standorte aufzunehmen. Anschließend ließ er vom Revier die Kennzeichen überprüfen und die Eigentümer ermitteln. So erreichten sie in der gleichen Zeit, die sie mit den Befragungen verschwendet hatten, deutlich mehr. Mit einem Karton voller USB-Sticks und SD-Karten, die Videoaufzeichnungen aus den Windschutzscheiben der vor Lloyd's Bar geparkten Autos enthielten, machten sie sich auf den Weg in die Gerichtsmedizin. Vielleicht würden sie bereits die Todesursache erfahren.

Herr Lee hatte seine Untersuchung noch nicht abgeschlossen, als die zwei Hauptkommissare bei seiner Arbeitsstätte auftauchten. Das Opfer lag nun völlig nackt auf dem Obduktionstisch und der Gerichtsmediziner stand mit dem Skalpell in der Hand dahinter.

„Haben Sie schon etwas herausgefunden?", fragte Minsoo sofort, als er eintrat.

„Das Opfer hat keine äußerlichen Verletzungen und auch die Röntgenbilder zeigen keine Anomalien auf." Herr Lee deutete auf die Bilder, die an einer von hinten beleuchteten Wand hingen. Minsoo sah sie sich genauer an. „Keine Frakturen der Halswirbel oder anderer Knochen. Es ist nicht einmal ein Gelenk verrenkt. Alles so, wie es sein soll."

„Und trotzdem ist sie tot", sagte Yujun und drehte sich wieder zum Gerichtsmediziner um.

„Sie können gern bei der Obduktion zuschauen, wenn Sie möchten", schlug Herr Lee vor, woraufhin Minsoo und Yujun das Angebot dankend annahmen.

Sie beobachteten den Gerichtsmediziner, als er das Opfer aufschnitt und ihm nach und nach die Organe entnahm, abwog und dabei Kommentare zu seinem Zustand machte. Minsoo und Yujun haben schon oft an einer Obduktion teilgenommen und – in der Natur ihres Berufes – auch schon die eine oder andere verunstaltete Leiche gesehen. Es machte ihnen daher nichts aus, dem Gerichtsmediziner bei seiner Arbeit zuzusehen.

Nach ein paar Stunden schließlich war er fertig und blickte zu den Hauptkommissaren auf.

„Keine Anzeichen von Fremdeinwirkung auf ihren Körper", sagte er abschließend. „Sie ist völlig gesund."

„Und trotzdem ist sie tot", sagte Yujun erneut.

„Haben Sie schon ein toxikologisches Gutachten in Auftrag gegeben?", fragte Minsoo nach. Der Gerichtsmediziner schüttelte mit dem Kopf.

„Blutabnahmen werden immer am Ende der Obduktion gemacht, um dem Opfer keine zusätzliche Einstichwunde zu verpassen." Danach drehte er sich um und ging zu dem Tisch, auf dem er die Organe bereitgestellt hatte. Er wandte sich dem Herzen zu und nahm eine große Nadel zur Hand. Vorsichtig stach er hinein und zog den Kolben auf, doch nichts füllte die Spritze auf.

Minsoo hob eine Augenbraue. „Sollte das Herz nicht mit Blut gefüllt sein?", fragte er nach.

Herr Lee versuchte es noch einmal, doch wieder konnte er kein Blut in die Spritze aufnehmen. „Das ist komisch. So etwas habe ich noch nie erlebt. Es befindet sich kein einziger Tropfen Blut im Herzen."

„Was hat das bloß zu bedeuten?", hakte Yujun nach.

Der Gerichtsmediziner drehte sich zu den Hauptkommissaren um und meinte verwundert: „Die Leiche ist völlig blutleer."

**Kapitel 5**

Als Minsoo und Yujun die Gerichtsmedizin verließen, war es bereits Nachmittag. Sie fuhren kurz beim Revier vorbei, um zu erfahren, ob die Verwandten des Opfers schon gefunden wurden. Kommissar Junwoo berichtete, dass die Eltern des Opfers in Busan leben und er Kollegen aus dem Revier zu ihnen geschickt hat, um sie über den Tod ihrer Tochter zu informieren.

„Mach dich darauf gefasst, dass die Eltern noch heute hier eintreffen werden", sagte Minsoo zu Junwoo. „Und informiere Herrn Lee, das Opfer für die Identifizierung dementsprechend bereit zu machen."

„Und die hier", Yujun gab dem Kommissar den Karton mit den Videoaufnahmen aus den Dashcams der geparkten Fahrzeuge. „Du kannst schon einmal damit beginnen, die Videos durchzugehen. Vielleicht findest du etwas Auffälliges."

„Alles klar!", sagte Junwoo und notierte sich die Aufgaben, die sie ihm gaben. „Was werdet ihr machen?"

Yujun sah auf seine Uhr. Es war nun 16:45 Uhr. „Wir werden uns in der Bar genauer umsehen und Leute befragen."


Die Bar bestand aus zwei Haupträumen. Der vordere Teil diente eher als ein Restaurant oder Café als eine Bar, während der hintere Teil für den Abend vorbehalten war, in welchem die Gäste laute Musik und alkoholische Getränke genießen konnten.

Am Nachmittag war der hintere Teil jedoch noch nicht geöffnet. Im vorderen Teil der Bar waren nicht viele Gäste anwesend.

Minsoo und Yujun gingen direkt zum Tresen und präsentierten ihre Marken.

„Kennen Sie diese Frau?", fragte Yujun und zeigte dem Barkeeper ein Foto des Opfers. Es war ein Foto ihres Ausweises, stark vergrößert, sodass es ihnen für ihre Befragungen nützlich war. „Sie war vermutlich gestern Abend hier."

„Ich hatte gestern Abend keine Schicht", antwortete der Barkeeper. „Ich habe die Frau noch nie gesehen."

„Wer hatte gestern Abend Schicht?", verlangte Minsoo zu wissen.

„Das weiß ich nicht, ich arbeite hier nur tagsüber."

„Ist der Manager hier?", fragte Yujun. „Bitte holen Sie ihn!"

Der Barkeeper nickte und verließ den Raum durch eine Tür hinter dem Tresen.

Minsoo lehnte sich an die Bar und sah sich genauer im Raum um. In den hinteren Ecken entdeckte er Kameras an der Decke und machte Yujun darauf aufmerksam.

Als der Manager zu ihnen kam, stellte er sich als Kim Chan vor und fragte die beiden, was sie von ihm wissen wollten.

Minsoo hielt ihm ebenfalls das Foto des Opfers hin, doch er kannte die Frau auch nicht.

„Ist das die Frau, die hinter meiner Bar gefunden wurde?", fragte der Manager nach und Yujun bestätigte dies.

„Uns sind die Kameras aufgefallen", sagte Yujun und deutete darauf. „Haben Sie auch welche im hinteren Teil und in der hinteren Gasse?"

„Nein, nur hier im vorderen Teil", antwortete Herr Kim. „Ich kann Ihnen die Aufnahmen von gestern Nacht gern mitgeben."

„Das wäre sehr hilfreich, danke."

„Haben Sie gestern etwas Verdächtiges beobachtet?", fragte Minsoo nach.

„Nein, es war eine Nacht wie jede andere. Meine Gäste kamen, tranken und gingen wieder. Keine Prügeleien, keine Streitereien. Es war eine ruhige Nacht."

„Bis eine Leiche hinter Ihrer Bar gefunden wurde", sagte Yujun trocken und steckte das Bild des Opfers wieder ein.

„Damit habe ich nichts zu tun", sagte Herr Kim. „Ich hole Ihnen die Aufnahmen der Kameras." Der Manager ließ sie wieder allein.

„Was meinst du?", fragte Yujun seinen Partner. „Lohnt es sich, uns hier weiter umzuhören und die Leute zu befragen?"

„Ich glaube nicht, dass Herr Kim mehr weiß", antwortete Minsoo. „Aber es dürfte nicht schaden, heute Abend nochmals herzukommen und uns im hinteren Teil umzusehen."

Der Manager kam mit einem USB-Stick zurück und übergab ihn den beiden Polizisten. Sie bedankten sich und verabschiedeten sich von ihm.

Zurück auf dem Revier schlossen sich Minsoo und Yujun ihrem Kollegen an, der bereits angefangen hatte, die Aufzeichnungen anzuschauen. Insbesondere die Aufnahmen der Kameras in der Zeit von 10 Uhr abends bis 2 Uhr früh waren wichtig. Bislang konnten sie jedoch nichts Verdächtiges darauf erkennen. Das Opfer verließ um 1:13 Uhr die Bar allein. Vom Winkel der Kameras konnten sie nicht einmal erkennen, in welche Richtung die Frau gegangen war.

Minsoo blickte auf die Uhr. Es war fast 21 Uhr. Er strich sich über das Gesicht. Es war bereits ein sehr langer Tag, der noch länger werden würde.

„Yujun, lass uns gehen!"

Er schreckte aus seinem Tunnelblick auf seinen Bildschirm auf. „Ist es etwa schon so spät?"

„Ja, wir sollten uns auf den Weg machen." Minsoo stand auf und sah an sich herunter. Er trug blaue einfache Jeans, ein graues T-Shirt und ein Khakihemd darüber. Dann warf er einen Blick auf Yujun, der ähnlich angezogen war. „Aber nicht in diesen Klamotten. So weiß doch jeder sofort, dass wir Polizisten sind."

Nachdem sie das Revier verlassen hatten, fuhren sie jeweils kurz nach Hause, um sich frisch zu machen und sich zwei Straßen von der Bar entfernt wieder zu treffen. Yujun hatte sich nicht nur umgezogen, sondern auch passend für das Nachtleben in Gangnam gestylt. Er trug ein ärmelloses weißes Hemd, darüber ein schwarzes Shirt von Nirvana und schwarze Lederhosen. Eine silberne Kette über dem Shirt sowie ein schwarzer Choker umrahmten sein Outfit. Yujun hatte auch seine Haare mit Gel in Form gebracht und mehrere Ohrringe eingesetzt.

Minsoo hat sich ähnliche Mühe mit seinem Outfit gemacht. Schwarze Skinny Jeans, ein weißes T-Shirt und eine schwarze Jeansjacke machten einzeln nicht viel her, doch an Minsoo sah diese Kombination sehr stylisch aus. Eine dicke silberne Kette um seinen Hals und in Form gebrachte Haare rundeten seinen Look ab.

Zufrieden mit ihrem Aussehen machten sich die beiden Hauptkommissare auf, um undercover in der Bar zu ermitteln.

In Lloyd's Bar herrschte am Abend eine völlig andere Atmosphäre als noch am Nachmittag. Die Tische und Stühle im vorderen Bereich der Bar waren nun hohen Pulttischen und Barhockern gewichen. Wo am Nachmittag noch kaum Gäste waren, war die Bar jetzt rappelvoll. Minsoo und Yujun hatten tatsächlich Schwierigkeiten, sich durch die Menge zu navigieren, um in den hinteren Bereich zu gelangen.

Hier konnten sie sich nun zum ersten Mal richtig umsehen. Der hintere Teil der Bar war scheinbar etwas größer als der vordere und entlang der gesamten Rückwand zu finden. Mehrere Barkeeper gingen dort ihrer Arbeit nach und bedienten die Massen an Kunden an diesem Abend. An der linken Seite, direkt neben der Bar, war ein DJ-Tisch aufgebaut, von welchem die laute Musik ausging.

Minsoo und Yujun gingen zunächst zur Bar und bestellten sich jeweils ein Club-Soda, da sie schließlich nicht zum Vergnügen hier waren. Sie beschlossen, vorerst die Leute zu beobachten und sich erstmals einen Überblick zu verschaffen.

Auch in diesem Raum waren mehrere Stehtische mit Barhockern verteilt, jedoch blieb eine große Tanzfläche in der Nähe des DJs frei. Sämtliche Tische waren mit Personen oder Getränken besetzt.

Die Gäste bestanden aus einem bunten Gemisch von Studierenden und jungen Erwachsenen. Hier und dort konnte Minsoo Personen sehen, die deutlich älter waren als er und sein Kollege, die jedoch trotzdem nicht fehl am Platz wirkten.

Yujun beobachtete eine Gruppe von jungen Frauen, die nun von der Tanzfläche zu ihrem Tisch zurückgingen. Er gab Minsoo ein Zeichen, sodass sie sich der Gruppe näherten.

„Guten Abend, Ladies!", begrüßte Yujun die Frauen, die alle ungefähr in seinem Alter waren. „Dürfen wir uns euch anschließen? Alle Tische hier scheinen besetzt zu sein."

Ein paar der Frauen musterten die Hauptkommissare von oben bis unten und, als sie scheinbar mit dem Aussehen der Männer zufrieden waren, machten ihnen Platz.

Yujun begann das Gespräch und machte Smalltalk mit den Frauen. Sie stellten sich alle vor, doch Minsoo merkte sich

**33**

keinen einzigen Namen. Eine der Frauen begann mit ihm zu flirten. Er bemerkte nebenbei, dass sie sehr hübsch war.

„Habt ihr denn keine Angst, hier in der Bar zu sein, wo doch heute Morgen eine Leiche in der Seitengasse gefunden wurde?", führte Yujun schließlich das Gespräch in die Richtung, die sie letztendlich anstrebten.

Die Frauen tauschten untereinander einen kurzen Blick aus und begannen zu lachen. Eine von ihnen antwortete schließlich. „Nur weil sich irgendeine Tussi umbringen ließ, hält uns das doch nicht davon ab, hier zu feiern."

Minsoo hob die Augenbraue aufgrund dieser Aussage. Etwas so Unsensibles hatte er schon lange nicht mehr gehört.

„Es ist ja nicht so, dass sie hier in der Bar gefunden wurde. Vermutlich wurde sie woanders getötet und nur in der Gasse abgelegt, damit man sie findet", meinte die Frau, die zuvor noch mit Minsoo geflirtet hatte.

„Wie kommst du denn darauf?", fragte er nun. „Sie könnte auch hier im Gebäude getötet und nach draußen geschleppt worden sein. Oder sie war Gast und hat ihren Mörder hier getroffen."

„Das heißt aber noch lange nicht, dass er heute wieder da ist."

„Wieso denn nicht? Er könnte trotz allem hier sein und bereits sein nächstes Opfer suchen", gab Yujun zu bedenken.

„Dann wäre er aber ganz schön blöd", meinte eine andere der Frauen. „Es würde mich nicht wundern, wenn die Polizei ihn hier suchen würde."

Minsoo und Yujun tauschten Blicke aus. So unsensibel die Frauen auch waren, sie hatten in irgendeiner Weise doch recht.

Minsoo entschuldigte sich nach einer Weile bei ihnen, um zur Toilette zu gehen. Diese war im Übergang zum vorderen Teil der Bar an der linken Seite gelegen. Während er sich seinen Weg durch die Menschenmassen bahnte, achtete Minsoo genau auf die Gesichter und Mimik der Personen, die er passierte. Er konnte jedoch nichts Verdächtiges feststellen, bis er an der Tür angekommen war.

Im selben Moment, als Minsoo nach der Türklinke zu den Toiletten griff, wurde diese von innen aufgestoßen, wodurch er zurückstolperte. Dabei stieß er gegen eine breite Brust. Minsoo spürte, wie die Person hinter ihm ihn mit dessen Händen an seinen Schultern stabilisierte.

## Kapitel 6

„Oh, das tut mir leid!", entschuldigte sich die Person, die vor Minsoo stand und eben die Toilette verlassen wollte. Geblendet von dem hellen Licht in den Toiletten konnte Minsoo lediglich ausmachen, dass der Mann leuchtend rote Haare hatte.

„Geht es dir gut?", vernahm Minsoo eine tiefe Stimme hinter sich und schnell sammelte er sich wieder, da er sich mit seinem vollen Gewicht gegen den Mann gelehnt hatte.

„Ja, mir ist nichts passiert." Minsoo drehte sich zu dem Mann um und erklärte verlegen: „Ich bin nur … erschrocken." Die Tür zu den Toiletten schloss sich gerade, als Minsoo in das Gesicht des Mannes blickte. Das helle Licht verschwand somit wieder, doch dieser kurze Moment reichte ihm aus, um zu erkennen, wie attraktiv dieser Mann eigentlich war.

Er war in etwa gleich groß wie Minsoo, wirkte aber aufgrund seiner Statur um einige Zentimeter größer. Breite Schultern und eine schlanke Taille bildeten eine attraktive V-Form seines Oberkörpers. Der Unbekannte hinter ihm hatte schlanke lange Arme und erstaunlich große Hände, die noch immer auf Minsoos Schultern ruhten. Doch was ihn letztendlich sprachlos machte, war sein Gesicht.

Der Mann hatte katzengleiche Augen, die ihn wachsam beobachteten. Untermalt wurden diese von einer geraden Nase und volle rote Lippen. Seine Augenbrauen waren besorgt zusammengezogen und die dunklen kurzen Haare zur Seite gestrichen.

„Sicher, dass du nur erschrocken bist?", fragte der Mann und verstärkte seinen Griff um Minsoos Schultern.

Dies ließ ihn wieder zu sich kommen, sodass er sich in seiner Bewunderung des fremden Mannes unterbrach. „Ja, vielen Dank, es ist alles in Ordnung, wirklich." Er wand sich aus dem Griff des Fremden und verbeugte sich höflich aus Dankbarkeit.

„Mir tut das wirklich leid", sagte nun der andere Mann und legte seinerseits eine Hand auf Minsoos Schulter. „Darf ich dir für den Schrecken einen Drink ausgeben? Ein Glück, dass Juhan direkt hinter dir war, sonst wäre vielleicht noch etwas passiert."

„Nein, das ist wirklich nicht nötig", erwiderte Minsoo und entfernte die Hand des rothaarigen Mannes höflich von seiner Schulter.

„Das ist eine gute Idee, Seojun", warf der Mann namens Juhan ein und schlang seinen Arm um Minsoos Schulter. „Komm doch mit zu unserem Tisch, damit wir uns ordentlich entschuldigen können."

„Nein – im Ernst – ich …" Es war egal, was Minsoo von sich gab, die beiden hörten nicht auf ihn und so wurde er mit sanfter Gewalt zu deren Tisch geführt. Schließlich gab er sich geschlagen und nahm die Situation an, so wie sie war. Womöglich konnte er das sogar für sich nutzen und von diesen beiden etwas über den gestrigen Mord erfahren.

An deren Tisch angekommen, bemerkte Minsoo jedoch, dass Seojun und Juhan nicht die Einzigen dort waren. Drei weitere Männer blickten auf, als ihre Freunde Minsoo mit sich schleiften.

„Ich hoffe, du magst Wein, denn das ist alles, was wir gern trinken", meinte Seojun und füllte ein Glas für Minsoo ein.

Eine seltsame Wahl für eine Bar wie diese, dachte er sich, doch einen guten Wein hatte er noch nie abgelehnt, weshalb er das Glas dankend annahm.

„Ich entschuldige mich nochmals für den Schrecken, den ich verursacht habe", meinte Seojun und stieß sein Glas gegen Minsoos. Juhan prostete ihm ebenfalls zu, wobei sich die übrigen drei Männer anschlossen. „Wie heißt du eigentlich? Ich bin Seojun und das ist Juhan." Seojun deutete der Reihe nach auf die Männer und stellte sie vor: „Das sind Kimoon, Chris und Haru."

Minsoo nickte jedem zu und musterte sie genauer.

Seojun hatte, wie Minsoo zuallererst bemerkt hatte, knallrote Haare und ein strahlendes Lächeln im Gesicht. Kimoon war etwas kleiner als Seojun und Juhan und trug ein Kopftuch in den Haaren. Chris war der Kleinste von allen und hatte ebenfalls rötliche Haare, allerdings waren sie lange nicht so knallig wie die von Seojun. Haru war der Stillste von der Runde. Er hatte ein sehr kleines Gesicht und eine sehr schlanke Figur. Seine Kleidung betonte insbesondere seine schmale Taille. Zudem trug er schwarze Stulpen, die einen großen Teil seiner Hände und Unterarme verdeckten. Minsoo war sich sicher, dass er Haru für eine Frau gehalten hätte, wenn er ihn nur von Weitem gesehen hätte.

„Mein Name ist Minsoo", antwortete er schließlich.

„Bist du allein hier?", wollte Juhan wissen.

„Nein, ich bin mit einem Freund hierhergekommen. Er ist irgendwo dort bei den Frauen." Minsoo deutete in die grobe Richtung, wo er seinen Partner zurückgelassen hatte.

Als er sich die neuen Bekanntschaften näher ansah, bemerkte er, dass alle fünf Männer fast komplett in Schwarz gekleidet waren und diverse Accessoires trugen. Jeder von ihnen hatte Ohrringe in verschiedenen Formen. Besonders Kimoons stachen hervor. Er trug sogar hängende Ohrringe, wie sie Minsoo bisher sonst nur an Frauen gesehen hatte. Er konnte jedoch nicht leugnen, dass sie gut an ihm aussahen. Zudem hatte jeder von ihnen entweder eine Kette um den Hals oder einen Choker. Haru trug sogar beides, wie Yujun es auch oft tat. Sie kleideten sich auch mit mehreren Ringen und Minsoo fiel auf, dass vier von ihnen den gleichen Ring besaßen. Er war silbern mit schwarzen Details und interessanterweise mit römischen Zahlen versehen.

Juhan war der Einzige der Freunde, der einen solchen Ring nicht trug.

„Da bist du ja!", hörte Minsoo plötzlich eine bekannte Stimme hinter sich und drehte sich um. Yujun bahnte sich seinen Weg zu ihnen. „Ich dachte, du gehst nur zur Toilette und kommst wieder zurück."

„Tut mir leid, ich wurde aufgehalten", antwortete Minsoo mit einem Lächeln und stellte Yujun die fünf Männer vor.

„Und, habt ihr von dem Mord hinter der Bar gehört?", fragte Yujun sogleich, was Minsoo etwas zu direkt fand. Die Männer tauschten Blicke aus, woraufhin schließlich Chris antwortete.

„Ja, wir haben davon gehört. Schrecklich, dass so etwas hier passiert ist."

„Wisst ihr etwas Näheres darüber?", wollte Juhan wissen und beobachtete die Reaktion der beiden Hauptkommissare genauer.

„Nur, dass heute Morgen eine Leiche gefunden wurde", antwortete Minsoo und ließ sich nicht in die Karten blicken. „Wir waren uns ehrlich gesagt nicht sicher, ob wir heute überhaupt herkommen sollten."

„Was hat euch dann überzeugt, trotzdem auszugehen?", wollte Seojun wissen.

„Jemand brachte das Argument, dass der Mörder wohl nicht zwei Nächte hintereinander am gleichen Ort ein Opfer suchen würde", sagte Minsoo.

„Achtet nicht auf ihn!", warf Yujun ein und nahm dankend das Glas Wein entgegen, das Juhan ihm reichte. „Er ist einfach viel zu ängstlich, was das angeht." Er zwinkerte Minsoo zu, als er von dem Glas trank. Minsoo verdrehte die Augen. Wenn sein Partner dies so spielen wollte, würde er sich dem nicht verwehren, damit ihre Deckung gewahrt bliebe.

„Das sind ernst zu nehmende Sorgen", entgegnete Minsoo und spielte den besorgten Bürger. „Niemand weiß, wie die Frau gestorben ist und ob der Mörder nicht noch einmal zuschlagen wird."

„Was meint ihr denn dazu?", fragte Yujun in die Runde. Haru tauschte einen langen Blick mit Seojun aus.

„Ich hatte ähnliche Bedenken", antwortete ihnen Seojun. „Allerdings meinte Haru, dass es wohl keine Beweise gäbe, dass der Mord etwas mit der Bar zu tun hat, sonst hätte die Polizei es ja nicht erlaubt, dass sie heute schon wieder geöffnet hat."

„Wir wollten einfach einen schönen Abend miteinander verbringen", ergänzte Juhan. „Und Lloyd's Bar klang interessant."

Yujun führte das Gespräch mit den fünf Freunden weiter, doch Minsoo hielt sich dezent zurück. Er beobachtete die Mimik und Reaktionen der Männerrunde. Insbesondere achtete er auf Juhan. Irgendetwas an ihm fand er sehr mysteriös.

Die Tatsache, dass die Freunde alle einen Ring trugen, der dem ähnelte, den er heute Morgen am Tatort gefunden hatte, fand er allemal interessant. Erneut musterte er Juhans Hände. Elegant lagen seine langen Finger um das Weinglas, ab und an schwenkte er es und beobachtete dabei nachdenklich die rote Flüssigkeit darin. Wo befand sich sein Ring?

Vielleicht war es auch nichts weiter, redete sich Minsoo ein. Er und Yujun sind zwar heute hierhergekommen, um nach Hinweisen den Mörder betreffend zu suchen, doch wirklich erwartet haben sie eigentlich nichts. Schließlich haben sie nicht daran gedacht, ihn heute Abend hier zu finden.

Nach einer Weile verabschiedeten sich die beiden von der Gruppe und begannen diskret, weitere Gäste zum Mord zu befragen. Doch sie erhielten keine neuen Informationen.

Bevor sie die Bar verließen, zeigten sie noch den Barkeepern das Foto der Verstorbenen. Auch diese konnten sich nicht an die Frau erinnern, obwohl einige von ihnen am Abend zuvor gearbeitet hatten.

Gegen 1 Uhr morgens beschlossen Minsoo und Yujun, die Bar zu verlassen. Sie hatten ihr Bestes getan.

**Kapitel 7**

Nachdem sich Minsoo und Yujun von der Männergruppe verabschiedet hatten, beobachtete Juhan die beiden Hauptkommissare weiterhin von seinem Tisch aus. Er fand es etwas merkwürdig, als sie von Tisch zu Tisch gingen und sich scheinbar mit so vielen Leuten wie möglich unterhielten.

„Hast du dein nächstes Opfer gefunden?", flüsterte ihm Kimoon mit einem Grinsen ins Ohr. Juhan warf ihm sogleich einen strengen Blick zu. „Er ist hübsch, das sehe sogar ich." Die beiden Freunde musterten Minsoo aus der Ferne. Juhan konnte nicht leugnen, dass der Fremde genau in sein Beuteschema fiel, doch irgendetwas hielt ihn davon ab, sein Ziel genauer zu verfolgen.

Im ersten Moment konnte er nicht genau sagen wieso. Normal kümmerte es Juhan nicht, welches Leben seine Opfer führten. Sobald er mit ihnen ins Gespräch kam und er sie sympathisch fand, schlug er in der Regel zu. Dies traf auf jeden Fall auch auf Minsoo zu. Er fand ihn sehr sympathisch und seine Aura war etwas Besonderes. Dieser Mann hatte einen starken Willen und war definitiv kein schwacher Mensch. Dass er sich ängstlich bezüglich des Mordes gegeben hatte, hat Juhan ihm keine Sekunde abgekauft. Dafür wusste Minsoo viel zu genau, was er wollte. Das hat Juhan vom ersten Moment an in seinen Augen gesehen. Zwar hatten er und Seojun ihn überrumpelt, doch hatte Juhan sogleich gespürt, dass er ihnen nicht ohne Grund zu ihrem Tisch gefolgt war. Und die Tatsache, dass er und Yujun anschließend mit so vielen Leuten sprachen, bestätigte ihn in seiner Annahme.

Schließlich überkam ihm die Neugier. Juhan konzentrierte sich. Wenn er die laute Musik und die Gespräche um sich herum ausblendete, konnte er Minsoo sogar aus der Entfernung hören.

„Ist es nicht unheimlich, dass man heute Morgen eine Leiche hinter der Bar gefunden hat?", fragte er soeben sein Gegenüber.

Wieder ging es um den Mord. Juhan runzelte die Stirn und lauschte weiter. An jedem Tisch, zu dem Minsoo und Yujun kamen, stellten sie die gleichen Fragen, wie etwa: ob die Leute das Opfer kannten, ob sie etwas Verdächtiges am Abend zuvor gesehen haben und was sie von dem Mord hielten. Schließlich beobachtete er, wie sie den Barkeepern ein Foto des Opfers zeigten. Nun war sich Juhan sicher.

„Das sind Polizisten!", sagte er zu seinen Freunden. „Sie versuchen, den Mörder zu finden."

Diese Neuigkeit beunruhigte die Gruppe.

„Vielleicht sollten wir gehen", schlug Kimoon vor und trank sein Glas aus. „Mir ist nicht mehr danach, noch länger hierzubleiben."

Chris stimmte ihm zu und so machten sich die Freunde gemeinsam auf den Nachhauseweg.

In ihrem Apartment angekommen, wollte sich Juhan in sein Zimmer zurückziehen, doch Seojun sagte etwas, das ihn davon abhielt.

„Glaubt ihr auch, dass der Mörder einer von uns ist?"

Juhan drehte sich zu ihm um. „Es deutet alles darauf hin", entgegnete er und verschränkte seine Arme vor der Brust.

„Ich verstehe es einfach nicht, wie jemand so etwas tun kann", meinte Kimoon und ließ sich auf das Sofa in der Ecke fallen. „Es ist nicht einmal nötig zu töten." Er beugte sich zum kleinen Tisch vor, der vor dem Sofa stand. Darauf befand sich eine schön verzierte Holzschatulle. Kimoon öffnete sie und nahm eine rote Kugel hervor, die er im Licht betrachtete. „Lässt man sie am Leben, hat man viel weniger

Ärger am Hals." Schließlich steckte er sich die Kugel in den Mund und schloss genüsslich die Augen.

„Nicht jeder hat eine so praktische Fähigkeit wie du, mein Freund", meinte Juhan. Er zeigte mit einem Finger auf die Schatulle und eine weitere rote Kugel erschien. Diese schwebte völlig schwerelos auf Juhan zu. Er fing die Kugel in der Luft auf und steckte sie sich ebenfalls in den Mund. Ein genüssliches Lächeln erschien auf seinen Lippen und seine Augen glühten für einen kurzen Moment rot auf.

„Angeber", kommentierte Chris die Aktionen der beiden. „Was hat das Töten mit den Fähigkeiten zu tun?", wollte er wissen.

„Das wirst du schon noch erfahren, wenn du ein Vollblut wirst und selbst über alle Fähigkeiten verfügen kannst", antwortete Seojun und legte seinen Arm um den Jüngsten. „Beziehungsweise wenn du so wie ich keine Fähigkeit bekommst." Chris schüttelte den Älteren ab und setzte sich neben Kimoon auf das Sofa. „Hast du vor, in dem Fall etwas zu unternehmen?", fragte Seojun Juhan besorgt.

Er überlegte einen Augenblick, bevor er ihm antwortete.

„Wir sollten zumindest herausfinden, ob der Mörder noch in der Stadt ist", sagte er schließlich. „Ich möchte ungern unser neues Zuhause schon wieder verlassen müssen."

„Ich schlage vor, dass wir uns an den beiden Polizisten halten. Wir können von ihnen Informationen erhalten", meinte Kimoon.

„Genau!", rief Chris. „Ich werde ihnen tagsüber folgen, da ihr ja das Apartment nicht verlassen könnt!"

„Auf gar keinen Fall!", meldete sich Haru zu Wort. „Du hältst dich von Minsoo und Yujun fern! Zum Schluss verdächtigen sie dich dann!"

„Aber …"

„Nichts aber", warf Juhan ein. „Du bleibst gefälligst hier, wenn wir schlafen!"

„Ich bin kein Kind mehr!", entgegnete Chris. „Ich kann auf mich selbst aufpassen."

„Im Gegensatz zu uns bist du noch ein Kind", sagte Juhan mit einem strengen Blick. „Bring mich nicht dazu, dich in deinem Zimmer einzusperren!"

„Immerhin bin ich nicht so kindisch und verliere meinen Ring." Chris streckte Juhan seine Zunge entgegen. Alle blickten nun auf Juhans rechte Hand, wo tatsächlich der Ring fehlte, den sie alle trugen.

„Woher ...?", fragte er peinlich berührt und verdeckte seine Hand.

„Du nimmst den Ring ja niemals ab", wandte Seojun ein. „Wir haben sofort bemerkt, dass du ihn verloren hast."

„Und woher wollt ihr wissen, dass ich ihn nicht einfach nur abgenommen habe?", verteidigte sich Juhan weiter.

Seojun lachte daraufhin laut auf. „Wie viele Jahrhunderte kennen wir dich jetzt schon? Du nimmst den Ring niemals ab."

„Ich habe dich noch nie ohne ihn gesehen", stimmte Haru den anderen zu.

„Schön, ich gebe es ja zu", sagte Juhan. „Ich werde ihn sicher wieder finden."

„Viel Glück dabei", meinte Kimoon und aß eine weitere Kugel. „Du könntest dir aber auch einfachheitshalber einen neuen Ring machen lassen."

Der Gedanke daran stimmte Juhan traurig, was Seojun sofort in seinen Augen sah.

„Dann wäre es aber nicht derselbe", antwortete er für seinen Freund und legte seine Hand mitfühlend auf Juhans Schulter. Als Juhan Seojun ansah, tauschten sie einen tiefen Blick aus. Beide wussten, dass dieser Ring für Juhan eine besondere Bedeutung hatte, nicht nur wegen des Datums, das darauf eingraviert war. Seojun ging es ähnlich. Auch er betrachtete seinen eigenen Ring sehr oft und gern.

„Wenn ihr zwei über die Ringe redet, fühle ich mich jedes Mal ausgeschlossen", murmelte Chris und griff nach einer der roten Kugeln in Kimoons Schatulle, doch der Ältere der beiden schlug seine Hand weg.

„Such dir dein eigenes Essen!", keifte Kimoon und schloss die Holzschatulle mit einem lauten Knall.

„Ihr tut fast so, als wären sie etwas Besonderes", fuhr Chris fort. „Dabei steht doch nur ein Datum darauf."

„Für die beiden sind die Ringe etwas Besonderes", erklärte Haru. „Es ist mehr als nur das Datum, an dem sie wiedergeboren wurden."

„Etwas, das ihr uns nie erklären wollt", schmollte nun auch Kimoon, der die Sentimentalität seiner Freunde, die wie Brüder für ihn waren, nicht verstand.

Schweigen überkam das Apartment, als sich die drei Älteren gegenseitig ansahen.

„Irgendwann …", begann Juhan mit leiser Stimme. „Irgendwann erzähle ich euch davon." Danach verließ er den Raum und ging in sein Zimmer.

Die vier Freunde blickten Juhan nach.

„Irgendwann!", äffte Chris dem Ältesten nach. „Das sagt er schon seit Jahrzehnten."

„Sei ruhig!", schimpfte Haru mit ihm. „Du weißt ganz genau, dass das ein sensibles Thema für ihn ist. Außerdem kann er dich hören."

Chris zuckte nur mit den Schultern und lehnte sich auf dem Sofa zurück.

„Wir sollten auch zu Bett gehen", sagte Seojun mit einem Blick auf die Uhr. „Die Sonne geht bald auf."

46

„Geht ihr ruhig!", sagte Chris mit einem schelmischen Grinsen im Gesicht. „Ich kann, im Gegensatz zu euch, auch tagsüber hinausgehen."

„Untersteh dich, Minsoo und Yujun aufzusuchen, wenn wir nicht auf dich aufpassen können!", drohte Haru ihm mit erhobenem Finger. „Wer weiß, was Juhan mit dir anstellt, wenn du nicht auf ihn hörst."

Chris verdrehte als Antwort die Augen. „Schön! Dann versuche ich eben nicht herauszufinden, was die Polizei über den Mörder weiß und ob sie uns auf der Spur sind."

Haru gab sich mit dieser Antwort zufrieden und ging in sein Zimmer, das er sich mit Seojun teilte. Dieser folgte ihm und auch Kimoon stand auf, um sein Bett aufzusuchen. Lediglich Chris blieb zurück, der noch ein paar Minuten grübelnd auf dem Sofa saß.

Schließlich stand auch er auf und folgte Kimoon in ihr gemeinsames Zimmer und legte sich schlafen.

## Kapitel 8

Chris hatte nicht vor, sich von seinen Brüdern etwas verbieten zu lassen. Sie waren zwar um einiges älter als er, doch er empfand es als unfair, dass sie ihn wie ein Kind behandelten. Er konnte schließlich sehr gut auf sich selbst aufpassen.

Einige Stunden später, nachdem er zu Bett gegangen war, stand er daher wieder auf. Nach einem kurzen Frühstück verließ er das Apartment und machte sich auf den Weg zum Revier von Gangnam. Er ließ sich auf einem Dach neben dem Revier nieder und beobachtete die Polizisten, die ein- und ausgingen. Aus dem Inneren der Polizeistation konnte er deren Gespräche mitverfolgen.

Es dauerte nicht lange, bis Minsoo auftauchte und sich mit seinem Partner Yujun aufmachte, um weiter in dem Fall zu ermitteln. Sie verließen das Revier und stiegen in ihr Dienstauto ein. Zum Glück herrschte in Gangnam immer dichter Verkehr, sodass Chris keine Schwierigkeiten hatte, ihnen zu folgen. Chris war zwar nur ein Halbblut und hatte noch nicht alle Fähigkeiten wie seine Brüder, doch in Sachen Schnelligkeit konnte er sie meistens überbieten. Nur Juhan konnte ihn als Einziger mit Leichtigkeit hinter sich lassen.

Chris hatte den Verdacht, dass Juhan ihn deshalb nicht zu einem Vollblut werden lassen will, weil er Angst hatte, dass er dann noch schneller werden würde. Doch eigentlich wollte er nicht noch schneller werden. Wenn das seine Fähigkeit war, dann wäre er sehr enttäuscht. Chris war sich aber auch nicht sicher, ob er überhaupt eine Fähigkeit bekommt, wenn er ein Vollblut werden würde. Schließlich hatte Seojun auch keine.

Angeblich waren Fähigkeiten selten. So erzählten es ihm zumindest seine Brüder. Doch hatten all seine anderen Brüder Fähigkeiten. Und richtig mächtige noch dazu!

48

Deshalb freute sich Chris insgeheim darauf, ein Vollblut zu werden. Allerdings traute er sich nicht, Juhan darum zu bitten. Dieser sagte ihm immer wieder, er wäre noch zu jung dafür. Dabei war er schon seit 60 Jahren ein Halbblut!

Chris sprang in Gedanken versunken von Dach zu Dach, kletterte an Hauswänden entlang und versteckte sich immer wieder zwischen Bäumen und hinter Schornsteinen, während er den Polizisten folgte und sie beobachtete.

Trotz Harus Warnung beschattete Chris die Hauptkommissare mehrere Tage hintereinander.

Minsoo und Yujun verbrachten ihre meiste Zeit damit, Leute zu befragen. So erfuhr Chris, dass das Opfer nicht aus Seoul kam und daher kaum jemanden kannte. Sie war hier nur zu Besuch gewesen, um sich das Nachtleben dieser Stadt anzusehen. Chris musste zugeben, dass sich der Mörder ein perfektes Opfer ohne Verbindungen in Seoul ausgesucht hatte.

Außerdem erfuhr er, dass die Leiche blutleer war. Damit wurde Juhans Annahme bestätigt, dass der Mörder einer von ihnen war.

Jeden Abend konnte Chris auf seinem Heimweg beobachten, wie Minsoo den Tatort aufsuchte und etwa eine Stunde lang auf die Stelle starrte, an der offenbar das Opfer gefunden worden war. Doch nie kam etwas dabei heraus.

Am dritten Tag der Beobachtung lauschte Chris einem Gespräch, in dem die Polizisten im Revier über die Beweismittel sprachen. Es war bereits dunkel geworden. Eigentlich wollte er rechtzeitig im Apartment sein, damit Juhan ihn nicht verdächtigte, doch seine Neugier war geweckt und so blieb er auf dem Dach sitzen.

„Und du bist dir sicher, dass der Ring nicht dem Opfer gehört?", fragte eine Stimme, die mit Sicherheit zu Yujun gehörte.

„Ihre Eltern haben den Ring noch nie gesehen", antwortete Minsoo. „Er ist auch viel zu groß für das Opfer."

Chris runzelte die Stirn. Das war das erste Mal, dass sich die Polizisten über einen Ring unterhielten, seit er sie beobachtete. Er streckte seinen Hals, doch er konnte durch die niedrigen Fenster innerhalb des Reviers nichts erkennen.

Dann, Chris hatte nichts dergleichen erwartet, spürte er plötzlich, wie eine Hand nach seinem Nacken griff und fest zudrückte.

„Kannst du mir bitte erklären, was genau du hier tust?", fragte eine bekannte Stimme und Chris verrenkte sich den Hals, um in Juhans Gesicht sehen zu können.

Chris lächelte ihn mit einer Unschuldsmiene an, wusste jedoch im ersten Moment nicht, was er ihm darauf antworten sollte.

„Was habe ich dir noch einmal gesagt?", fragte Juhan ärgerlich und verstärkte seinen Griff um Chris' Nacken, sodass dieser den Druck in seinen Halswirbeln schmerzhaft spürte.

„Juhan, du tust mir weh!", sagte Chris mit schmerzverzerrter Stimme und versuchte gleichzeitig, die Finger um seinen Hals zu lösen. Dies stellte sich aber als eine unmögliche Aufgabe heraus. Chris wusste, dass er keine Chance gegen Juhans Kraft hatte.

„Ich kann auch gern deinen Hals von vorne greifen, um dir die Luft abzuschneiden, wenn es dir lieber ist", zischte Juhan ärgerlich und ließ Chris' Nacken los. Er stieß Chris von sich weg, sodass dieser sich festhalten musste, um nicht vom Rand des Daches zu fallen.

Danach rappelte er sich schnell auf und brachte etwas Abstand zwischen sich und dem Älteren. Er hob seine Hände, um sich zu ergeben, und lief langsam rückwärts, da Juhan bedrohlich auf ihn zukam.

„Ich wollte doch nur wissen, ob sie auf der richtigen Spur sind", erklärte sich Chris.

„Und dich dabei selbst in Gefahr bringen?", fragte Juhan mit rauer Stimme. Er war fuchsteufelswild, das wusste Chris. Die Sicherheit seiner Familie stand für Juhan über allem und niemand durfte diese gefährden. Nicht einmal ein Mitglied seiner eigenen Familie.

„Sie haben doch keine Ahnung von uns", verteidigte sich Chris.

„Es wäre nicht das erste Mal, dass die Polizei auf die richtige Spur kommt", sagte Juhan. Seine Augen glühten bedrohlich rot und Chris wusste nun, dass mit ihm nicht zu spaßen war. Juhans Augenlider zuckten und Chris konnte erkennen, dass Juhans Fangzähne hinter seinen Lippen sichtbar wurden. So wütend hat Chris seinen Bruder noch nie gesehen.

Er wusste, wie er Juhan verärgern konnte, doch dieses Mal war es anders. Ihm wurde mit einem Mal bewusst, dass er eine Grenze überschritten hatte, die er nicht hätte überschreiten dürfen.

„Willst du, dass sie einen Jäger in die Stadt bringen? Willst du, dass du …, dass unsere Familie gejagt wird?" Chris sah es nicht kommen. Plötzlich stand Juhan direkt vor ihm, als hätte er sich teleportiert. Er konnte nichts dagegen tun. Juhans lange Finger reichten fast um Chris' ganzen Hals, als er danach griff und ihn mit Leichtigkeit ein paar Zentimeter vom Boden aufhob. Sein Bruder schnürte ihm die Luft ab. Chris wand sich schmerzhaft in seinem Griff.

„Du hast noch nie erlebt, wie es ist, gejagt zu werden", flüsterte Juhan ihm zu und brachte sein Gesicht gefährlich nahe heran. „Du hast noch nie um das Leben deiner Familie gebangt, während ein Jäger sie bedroht." Das rote Glühen in Juhans Augen nahm immer mehr zu, während seine Stimme immer leiser wurde. Chris schossen Tränen in die Augen, so schmerzhaft war der Griff um seinen Hals. „Du hast noch nie die Entscheidung fällen müssen, ob du dich lieber selbst opferst oder deine Familie leiden sehen willst." Juhan kniff die Augen zusammen. „Wenn du so scharf darauf bist, bitte, mach nur weiter so. Aber zieh meine Familie da nicht mit hinein!" Er ließ Chris wieder los, der einen Moment lang heftig husten musste, bis er wieder zu Atem kam. Als er mit gläsernen Augen aufblickte, war Juhan verschwunden.

**Kapitel 9**

Das schlechte Gewissen plagte Chris, schließlich war er ebenfalls Teil von Juhans Familie. Natürlich wollte er nicht, dass sie alle gejagt werden. Es stimmte, dass Chris noch nie einem Jäger begegnet war, doch er kannte die Geschichten darüber, die ihm Juhan, Seojun und Haru erzählt hatten. Er wusste, dass Juhan Narben trug, die der letzte Jäger verursacht hatte. Zwar war sein Körper vollständig geheilt und die physischen Narben mittlerweile verschwunden, doch die seelischen Wunden waren mehr als deutlich, auch wenn Juhan nie darüber sprach.

Chris beeilte sich daher, so schnell wie möglich zum Apartment zurückzukommen, in der Hoffnung, Vergebung zu finden.

Auch wenn er großteils schneller war als seine Brüder, Juhan, als Ältester von ihnen, hängte alle mit Leichtigkeit ab. So wunderte es Chris nicht, dass bereits eine hitzige Diskussion im Gang war, als er das Apartment betrat.

„Hast du nicht erst vor Kurzem gesagt, dass du die Stadt nicht schon wieder verlassen willst?", fragte Seojun mit lauter Stimme.

„Das war, bevor Chris uns alle in Gefahr gebracht hat", antwortete Juhan schroff und schlug mit der Faust auf den Tisch, sodass dieser in sich zusammenbrach. Eilig griff Kimoon nach seiner Schatulle, um festzustellen, ob seine Kugeln noch ganz waren. Erleichtert schloss er den Deckel wieder.

„Sie haben mich doch gar nicht gesehen", warf Chris ein und machte sich damit bemerkbar. Juhan warf ihm einen scharfen Blick zu und Chris' Rückgrat sank in sich zusammen.

„Sie hätten dich aber bemerken können", sagte Juhan und stand vom Sofa auf. Er wandte sich Chris erneut bedrohlich zu, doch Haru stellte sich zwischen die beiden.

„Du weißt doch gar nicht, ob sie uns überhaupt schon auf die Spur gekommen sind", meinte Haru mit sachlicher Stimme.

„Das sind sie nicht", beeilte sich Chris zu sagen. „Sie haben keine Ahnung, was wirklich passiert ist."

„Siehst du?", mischte sich Seojun wieder ein. „Es besteht absolut keine Gefahr für uns."

„Sie werden aber früher oder später herausfinden, was wirklich passiert ist." Juhan blickte Seojun besorgt an. „Sie finden immer irgendwie die Wahrheit heraus."

„Du weißt, dass das nicht stimmt", sagte Kimoon. „Es gibt zu viele ungelöste Todesfälle, die unserer Art zuzuschreiben sind. Warum bist du der Meinung, dass es dieses Mal anders sein wird?"

„Ich habe es im Gefühl", antwortete Juhan nur, doch damit gab sich der Rest seiner Familie nicht zufrieden.

„Nur weil du es im Gefühl hast, besteht noch lange kein Grund dazu, Chris so anzufahren und von uns allen zu verlangen, sofort die Stadt zu verlassen", hielt Seojun gegen ihn. „Beruhige dich erst einmal! Erst dann reden wir in Ruhe darüber, was Chris herausgefunden hat."

Juhan starrte Chris noch einen Moment lang verärgert über Harus Schulter hinweg an. Danach schloss er seine Augen und atmete mehrmals tief durch, um sich zu beruhigen. Als er seine Augen wieder öffnete, waren sie wieder braun und leuchteten nicht mehr rot. Auch Chris beruhigte sich wieder, da die unmittelbare Gefahr gebannt war.

„Also", wandte sich Seojun nun an Chris und Haru trat zur Seite. „Was hast du herausgefunden?"

„Die Polizei weiß noch gar nichts", antwortete Chris. „Sie haben keine Verdächtigen, somit keine Spur. Nicht einmal verwertbare Beweise."

„Und sonst?", hakte Seojun weiter nach. „Wissen sie, ob die Leiche blutleer war?"

„Ja, das hat der Pathologe bestätigt", erklärte Chris weiter. „Aber sie haben keine Ahnung, wie das passieren konnte. Das Opfer weist keine Verletzungen auf und auch sonst nichts, was auf einen Mord hindeuten könnte. Außer eben, dass ihm sämtliches Blut fehlt."

„Na also", wandte sich Haru zu Juhan um. „Siehst du? Kein Grund zur Sorge! Es gibt nur ein Mordopfer und solange man keine weiteren Hinweise auf uns findet, sind wir keiner Gefahr ausgesetzt, entdeckt zu werden."

„Das will ich auch hoffen."

„Es gibt also keinen Grund, Seoul zu verlassen. Beobachten wir die Situation doch weiter, um auf Nummer sicher zu gehen", schlug Haru vor. „Vielleicht finden wir sogar selbst den Mörder und können ihn überreden, woanders seine Opfer zu jagen."

„Meinetwegen", antwortete Juhan kurz angebunden. Er wandte sich seinem Zimmer zu, hielt aber vor der Tür kurz inne und drehte sich nochmals um. „Du!", er zeigte verärgert auf Chris. „Du hast Hausarrest, bis ich etwas anderes sage!" Dann drehte er sich um, ging in sein Zimmer und schlug die Tür mit einem lauten Knall hinter sich zu.

Alle im Apartment zuckten aufgrund des lauten Geräusches zusammen. Schließlich atmeten die restlichen Brüder erleichtert auf. Sie waren alle aufgrund der Wut, mit welcher Juhan den Raum gefüllt hatte, angespannt. Dieses Mal beabsichtigte Chris, den Anweisungen seines Bruders zu folgen. Er hatte genug Ärger verursacht, der für ein ganzes Jahrzehnt reichen würde.

**Kapitel 10**

Minsoo und Yujun arbeiteten die ganze Nacht hindurch, um sich die Beweismittel sowie weitere Aufnahmen von Überwachungskameras in der Umgebung des Tatorts anzusehen. Zwar gab es keine direkten Kameras in der Gasse, in der das Opfer gefunden wurde, jedoch mehrere Bars und Läden in der Nähe von Lloyd's Bar, an denen welche montiert waren. Diese Aufnahmen wurden der Polizei übergeben. Auch die Dashcams beinhalteten mehrere Stunden Material, das sich jemand anschauen musste. Die Cocktailbar gegenüber von Lloyd's Bar hatte eine Außenkamera, die einen wichtigen Hinweis lieferte. Minsoo beobachtete in diesem Moment, wie das Opfer die Bar verließ. Vor dem Eingang wurde sie von einer Person angesprochen, mit der sie einige Minuten beieinanderstand und sich scheinbar unterhielt.

Plötzlich – von einem Moment auf den anderen – schien das Opfer zu schwanken und die Person neben ihr stützte die Frau, damit sie nicht stürzte. Minsoo runzelte die Stirn. Bisher war ihm nicht bekannt, dass das Opfer betrunken gewesen war. Die Person führte das Opfer nun durch die Gasse neben der Bar, woraufhin sie aus dem Winkel der Kamera verschwanden.

Minsoo nahm seinen Blick vom Bildschirm und blätterte in den Unterlagen, die auf seinem Tisch lagen. Er zog den Obduktionsbericht hervor und überflog ihn schnell. Das Opfer hatte zwar keinen Tropfen Blut mehr im Körper, doch anhand des Mageninhalts wurde trotzdem geschlussfolgert, dass das Opfer nicht übermäßig betrunken gewesen sein konnte.

Minsoo spulte die Aufnahme zurück und sah sich die Szene noch einmal genauer an. Die Person, die das Opfer angesprochen hatte, war sehr schlank, trug dunkle Kleidung und hatte kurze dunkle Haare. Leider war die Qualität der Aufnahme nicht sehr gut, sodass er das Gesicht nicht ausmachen konnte. Er konnte zudem nicht erkennen, dass die Person dem Opfer ein Getränk angeboten hätte. Sie unterhielten sich im Grunde genommen nur.

Doch wieder konnte er beobachten, wie das Opfer wie aus dem Nichts zu schwanken begann und die Hilfe der nebenstehenden Person benötigte. Folgsam ging das Opfer mit um die Ecke und verschwand.

Minsoo beobachtete die Aufnahme noch ein paar Stunden länger, doch diese eine Person tauchte in keinem anderen Winkel der Kamera auf. Hatte sie etwa einen anderen Weg aus der Gasse gewählt?

Minsoo machte Yujun auf seinen Fund aufmerksam. Sie waren beide davon überzeugt, den Mörder gefunden zu haben. Jetzt mussten sie nur noch herausfinden, wer diese Person war und wie sie mit dem Opfer in Verbindung stand. Sie beschlossen, sämtliche Aufnahmen noch einmal durchzugehen und diese Person zu finden!

Die Ermittlungen in diese Richtung würden aber noch etwas warten müssen, denn im selben Moment begann Hektik im vorderen Teil des Reviers auszubrechen. Minsoo und Yujun sahen besorgt auf.

Junwoo stürmte in ihr Büro. „Es wurde eine weitere Leiche gefunden!", rief er völlig außer Atem. „Ein Toter in der Nähe der ‚Moonrise'-Kneipe."

Minsoo stand sofort von seinem Schreibtisch auf und schoss an Junwoo vorbei zur Tür hinaus. Yujun folgte ihm.

„Meinst du, es ist derselbe Mörder?", fragte Yujun angespannt, als sie ins Auto stiegen und zum Tatort fuhren.

„Ich weiß es nicht", antwortete Minsoo besorgt. Er hatte es jedoch im Gefühl, dass das Opfer mit ihrem Mordfall in Verbindung stand.

Als sie an der Kneipe namens Moonrise ankamen, stellten sie fest, dass der Tatort noch nicht vollständig abgesperrt war. Eine Menge Schaulustiger versammelte sich um den Eingang einer Seitengasse, die etwa 50 Meter von der Kneipe entfernt war. Minsoo und Yujun bahnten sich ihren Weg durch die Leute, um zum Opfer zu gelangen.

Sie stießen auf zwei Polizisten, die vergeblich versuchten, die Schaulustigen zu vertreiben.

„Beeilen Sie sich und sperren Sie sofort den Tatort ab, bevor die Leute alle Beweise niedertrampeln", schimpfte Minsoo mit den Beamten und ging geradewegs in die Gasse an ihnen vorbei.

Eine Straßenlaterne in der Mitte der schmalen Straße schien ihr orangenes Licht auf den leblosen Körper, der dort am Boden lag. Ein Mann mit hellbraunen kurzen Haaren lag mit dem Gesicht nach unten auf dem harten Asphalt.

Minsoo zog seine Handschuhe an und ging in die Knie, um sich den Mann genauer anzusehen. Als allererstes legte er den Zeige- und Mittelfinger seiner rechten Hand gegen den Hals des Opfers und prüfte selbst noch einmal, ob dieser wirklich keinen Puls hatte.

„Und?", fragte Yujun hoffnungsvoll, doch Minsoo schüttelte mit dem Kopf. Er machte mit seiner Untersuchung weiter und tastete vorsichtig die Taschen der Jacke nach einer Brieftasche ab. Yujun deutete auf das Gesäß des Opfers und Minsoo erkannte die Ausbeulung in einer der hinteren Hosentaschen. Er zog den Geldbeutel hervor und stand wieder auf.

Yujun stellte sich neben ihn, als Minsoo die Brieftasche öffnete. Er fand einen Ausweis des Opfers, das Jeong Minjae hieß, 24 Jahre alt war und aus Gwangju stammte.

Ohne ein Geräusch zu verursachen, ließ sich Kimoon auf einem Dach über der Gasse, in der die Leiche lag, nieder und spähte auf die Polizisten hinunter. Die Sirenen der Polizei haben ihn auf diesen Ort aufmerksam gemacht. Er beobachtete die Szenerie mit Argusaugen und lauschte dem Gespräch der beiden Hauptkommissare.

„Das Opfer scheint nicht geblutet zu haben", meinte Yujun und besah sich die Leiche genauer, ohne sie jedoch zu bewegen.

„Wir sollten auf das Urteil von Lee Inyoung warten", erinnerte ihn Minsoo.

Kimoon sah sich ebenfalls alles genauer an. Dann hob er eine Hand und streckte diese über den Dachrand hinaus. Konzentriert sammelte er seine Kräfte und versuchte, diese an dem Opfer einzusetzen, doch er spürte nichts. Argwöhnisch zog er die Hand wieder zurück und stand auf. Er hatte alle Informationen, die er hier sammeln konnte.

So leise er konnte, entfernte er sich vom Geschehen und eilte zurück ins Apartment, um den anderen von der neuen Leiche zu berichten.

## Kapitel 11

Minsoo hatte den ganzen Tag versucht, seine Vorgesetzte davon zu überzeugen, die Kneipe Moonrise schließen zu lassen. Es war für ihn offensichtlich, dass das Opfer dort ausgewählt wurde. Zudem kam die Tatsache hinzu, dass auch dieser Körper völlig blutleer war, was Herr Lee in seinem Obduktionsbericht bestätigt hatte. Minsoo vermutete, dass es wohl nicht bei zwei Mordopfern bleiben würde.

Doch sämtliche seiner Argumente wurden abgeschmettert. Insbesondere die Tatsache, dass das zweite Opfer in einer anderen Bar aufgesucht worden war, hinderte seine Vorgesetzte daran, die Kneipe Moonrise schließen zu lassen.

Minsoo war davon überzeugt, dass der Mörder die Tatorte vermutlich noch einmal aufsuchen wird.

Yujun unterdessen hatte versucht, eine Verbindung zwischen den Toten herzustellen. Doch hier hatte er nichts finden können. Kim Seyoon war aus Busan nach Seoul gekommen, um das Seouler Nachtleben kennenzulernen. Jeong Minjae hingegen, gebürtig aus Gwangju, war Student in der Seoul National Universität und wohnte auf der anderen Seite des Flusses in Mapo-gu, Seoul. Es war äußerst unwahrscheinlich, dass sich die beiden Opfer kannten.

Da beide in ihren Ermittlungen nicht erfolgreich waren, machten sich Minsoo und Yujun am Abend erneut auf, um in der Kneipe zu ermitteln. Dieses Mal waren sie auch mit einem Bild des vermeintlichen Täters ausgerüstet, in der Hoffnung, dass ihn jemand erkennen würde.

Die Kneipe Moonrise war Minsoo und Yujun nicht fremd. Es war ihre Stammkneipe und das Personal kannte sie schon seit Ewigkeiten. Es war ihnen zudem auch bekannt, dass sie Polizisten waren. Deshalb war es nicht notwendig, sich als solche auszuweisen, um die Aussagen der Angestellten zu erhalten. Einer der Kellner erinnerte sich an das Opfer, konnte allerdings nicht sagen, ob dieser allein oder mit Freunden hier gewesen war. Auch wusste er nicht, wann das Opfer die Kneipe verlassen hatte.

Auf dem undeutlichen Bild des vermeintlichen Täters konnte auch keiner der Angestellten etwas erkennen, was hilfreich für die Ermittlungen gewesen wäre. Nachdem Minsoo die Aufnahmen der Überwachungskameras mehrmals angesehen hatte, war er sich auch nicht sicher, ob dieser überhaupt in der Kneipe gewesen war.

Trotzdem setzten sie ihre Ermittlungen dort fort, in der Hoffnung, doch noch etwas herauszufinden.

Auch an diesem Abend war die Kneipe gut besucht. Die Nachricht von bereits zwei Toten mit ungeklärten Todesursachen schien die Bevölkerung von Gangnam nicht zu beunruhigen. Wie zuvor in Lloyd's Bar gingen Minsoo und Yujun von Tisch zu Tisch, um mit den Gästen über die Morde zu reden und eventuell neue Hinweise zu erhalten.

Dabei bemerkte Minsoo, dass er beobachtet wurde. Er hatte ein unwohles Gefühl und sah sich in der Kneipe um, konnte jedoch auf den ersten Blick nicht erkennen, woher es kam. Doch plötzlich sah er katzengleiche Augen, die seinen Blick trafen.

Juhan wandte seine Augen nicht ab, als er bemerkte, dass Minsoo ihn erkannt hatte. Er hatte darauf gewartet, vom Polizisten entdeckt zu werden, und lächelte ihn an.

Minsoo hingegen lief beim Anblick des attraktiven Mannes ein Schauer über den Rücken. Nun begegnete er ihm schon zum zweiten Mal während seiner Ermittlungen.

Er machte seinen Kollegen Yujun auf den Mann aufmerksam. Gemeinsam gingen sie zu Juhan hinüber.

Es stellte sich heraus, dass dieser nicht allein hier war. Juhan und seine Freunde saßen um einen Tisch herum, auf welchem mehrere Flaschen Wein und passende Gläser dazu standen. Minsoo bemerkte jedoch, dass einer fehlte. Chris war diesmal nicht mit dabei.

„So begegnet man sich wieder", begann Minsoo das Gespräch und setzte sich neben Juhan, der ihm einen Stuhl anbot. Yujun trat um den Tisch herum und setzte sich zwischen Seojun und Haru auf einen freien Platz.

„Seid ihr oft hier?", fragte Yujun nun. „Ich habe euch noch nie hier gesehen."

„Nein, wir sind zum ersten Mal in dieser Kneipe", antwortete Kimoon und rief einen Kellner her. Minsoo und Yujun bestellten sich jeweils ein Glas Bier.

„Ihr hattet nicht gelogen, als ihr sagtet, dass ihr nur Wein trinkt", kommentierte Minsoo die Getränkeauswahl auf dem Tisch.

Juhan lächelte in sein Glas hinein, als er einen Schluck nahm.

„Ihr seid wohl öfter hier?", fragte nun Seojun.

„Das Moonrise ist unsere Stammkneipe", antwortete ihm Yujun.

„Und die Leiche zwei Straßen weiter hat dich nicht davon abgehalten, heute herzukommen?", fragte Juhan Minsoo. Das Grinsen in Juhans Augen sagte ihm, dass er das auch nicht erwartet hatte.

„Euch hat es doch auch nicht davon abgehalten", antwortete Minsoo auf Juhans Frage. Haru gab ein Geräusch von sich, das Minsoo als unterdrücktes Lachen erkannte. Er wollte Juhan noch etwas entgegnen, doch Yujun unterbrach ihn, als dieser plötzlich aufstand.

## Kapitel 12

Als Yujun plötzlich von seinem Stuhl aufstand, begann er wild mit der Hand zu winken.

„Hoon!", rief er und machte seinen Freund auf sich aufmerksam.

Minsoo drehte sich herum und sah, dass Hoon auf ihren Tisch zukam.

„Was machst denn du hier?", fragte Minsoo überrascht. „Solltest du nicht zu Hause sein?"

„Als ob ich es mir entgehen lassen würde, wenn ihr zwei nur ein paar Straßen von meiner Wohnung entfernt etwas Trinken geht", entgegnete Hoon mit rollenden Augen und sah sich nach einem freien Stuhl um. Der Tisch war jedoch mit den vier Freunden und den zwei Polizisten voll besetzt.

„Tut mir leid, es ist leider kein Platz mehr frei", sagte Minsoo, dem es unwohl dabei war, dass Hoon hier aufgetaucht war. Insbesondere, da er Juhan noch immer verdächtigte, etwas mit den Morden zu tun zu haben.

„Sei doch nicht so!", sagte Yujun, der noch keine Kenntnis über Minsoos Vermutung hatte und der Meinung war, dass sie diesen Abend nun mit ihren Ermittlungen fertig waren. „Es sind noch genug Stühle vorhanden."

Als hätte er auf die Aufforderung gewartet, stand Haru wortlos auf, holte einen Stuhl vom Nachbartisch und stellte ihn zwischen seinen eigenen und Kimoons. Hoon nahm Platz und stellte sich den vier Fremden vor, die sich ebenfalls mit ihm bekannt machten. Nicht zum ersten Mal bemerkte Minsoo, dass Haru nie sprach. Auch jetzt wurde er wieder von Seojun vorgestellt und Haru nickte Hoon nur höflich zu.

Die sieben Männer führten höflichen Smalltalk und Minsoo erfuhr, dass die fünf Freunde erst vor Kurzem in die Stadt gezogen waren. Sie wussten noch nicht, wie lange sie hierbleiben würden und wollten sich erst einmal umsehen und versuchen, Fuß zu fassen.

„Wo habt ihr eigentlich Chris heute gelassen?", fragte Yujun dann in die Runde.

Minsoo bemerkte, dass sich ein dunkler Schatten über Juhans Augen legte, als sie auf den Jüngsten zu sprechen kamen.

Seojun hingegen lachte kurz auf. „Er hat etwas getan, was Juhan nicht gefallen hat. Deshalb musste er heute zu Hause bleiben."

„Hast du ihm etwa Hausarrest gegeben?", fragte Minsoo belustigt.

„Ja", antwortete Juhan nur und nahm einen Schluck aus seinem Glas.

„Und er hört darauf?", lachte Yujun. „Wie alt ist Chris überhaupt?"

Seojun und Kimoon tauschten einen belustigten Blick aus. „Er ist 21, wie Kimoon hier", antwortete er nach einer kurzen Pause. „Haru und ich sind 24 und Juhan …" Seojun unterbrach sich selbst und alle sahen hinüber zu Juhan.

Das Dunkle in seinen Augen war verschwunden, stattdessen war ein belustigtes Glitzern in ihnen erkennbar. „Auch 24", antwortete er schließlich und unterdrückte dabei ein tiefes Lachen. Schließlich war er 24 Jahre alt gewesen, als er aufgehört hatte zu altern.

„Oh, dann seid ihr ja gar nicht so viel jünger als wir", antwortete Yujun. „Minsoo ist 27, Hoon 26 und ich bin 25!"

„Was für ein Zufall!", stimmte Seojun lachend zu und schenkte sich selbst sowie Juhan nach.

Der Abend verlief recht entspannt. Die beiden Gruppen tauschten ein paar Geschichten aus und lachten viel miteinander. Minsoo musste zugeben, dass er alle vier sehr sympathisch fand. Unter anderen Umständen hätte er wohl eine Freundschaft mit ihnen schließen können.

Besonders mit Juhan kam Minsoo sehr gut aus. Sie hatten vieles gemeinsam und dessen Sicht auf die Welt spiegelte in vielerlei Hinsicht seine eigenen Werte wider. Doch Minsoo vergaß das unwohle Gefühl nicht, das er vom ersten Moment mit Juhan gespürt hatte. Irgendetwas verheimlichte er ihnen und Minsoo war sich nicht sicher, was das genau war. Er konnte auch nicht vermeiden, Juhans Hände zu betrachten und nach einem Ring zu suchen, wie ihn die übrigen drei auch heute Abend wieder trugen. Doch ein solcher Ring fehlte unter den Accessoires, mit denen Juhan geschmückt war.

Minsoo beschloss, seinen Verdacht nicht länger vor seinem Partner zu verheimlichen. Sie mussten den Mann finden, der das Opfer vor Lloyd's Bar angesprochen hatte und Minsoos Gefühl sagte ihm, dass dieser Mann Juhan war.

## Kapitel 13

Hoon war sehr überrascht gewesen, als er seine Freunde in Gesellschaft dieser Fremden vorgefunden hatte. Normalerweise blieb ihre kleine Gruppe für sich und mischte sich nicht in die Angelegenheiten anderer Leute ein. Doch nach ein paar Minuten mit diesen Fremden war er der Meinung, dass die anderen Männer ihre kleine Gruppe sehr gut ergänzten.

Vor allem der Mann neben ihm, Haru, weckte sein Interesse. Er war eine stille Person, aber nicht nur still in dem Sinne, dass er eine leise Stimme hatte. Sondern auch nach einer Stunde, die Hoon neben ihm saß, hatte er keinen einzigen Ton selbst gesprochen. Es war immer Seojun, der für ihn antwortete. Hoon wunderte sich sehr darüber.

„Bist du stumm?", fragte Hoon schließlich und Haru sah ihn, überrascht über die direkte Frage, an. Er schüttelte mit dem Kopf.

„Wieso redest du dann nicht mit uns?", fragte Hoon mit ehrlicher Neugier weiter.

Haru starrte ihn weiterhin an.

„Magst du es nicht, mit anderen zu reden?", versuchte Hoon den Grund zu erraten und Haru legte seinen Kopf schief. Es war nicht so, dass er nicht gern redete …, er vermied es aus anderen Gründen.

„Du magst es also nicht, mit Fremden zu reden", stellte Hoon fest, und Haru nickte, da dies der Wahrheit am nächsten kam.

„Das macht nichts, solange es dich nicht stört, wenn ich mit dir rede", sagte Hoon mit einem Lächeln und Haru war überrascht über diese Aussage. Normalerweise ließen ihn die Leute allein und wandten sich von ihm ab, wenn sie merkten, dass er ihnen nicht antwortete.

„Haru wird dir nicht antworten, egal wie sehr du es versuchst", mischte sich Seojun ein, um Haru aus der Situation zu retten. Doch dieser warf ihm einen Blick zu, sodass sich Seojun von diesem Moment an zurückhielt.

„Es macht mir nichts aus, wenn er nicht antwortet", sagte Hoon zu Seojun, „solange er sich nicht von mir bedrängt fühlt."

Harus Lippen deuteten ein Lächeln an, was – so vermutete Hoon – so viel bedeutete, dass er nichts dagegen hatte, wenn er mit ihm sprach.

„Ich finde es ehrlich gesagt erstaunlich, dass du stumm bleiben kannst. Ich könnte nie im Leben so lange still sein", sagte Hoon zu ihm und Haru glaubte ihm dies aufs Wort. Hoon war eine sehr redselige Person. „Mit deinen Freunden unterhältst du dich aber schon, oder?"

Haru nickte erneut.

„Aber nicht vor fremden Menschen", stellte Hoon fest, da Haru auch Seojun nicht antwortete, und wieder bestätigte dies Haru mit einem Nicken.

So ging ihr Gespräch noch eine Weile weiter, in welcher Hoon Haru Fragen stellte, der diese mit seiner Mimik und mit Gesten beantwortete.

„Hoon kommt scheinbar gut mit Haru aus", meinte Juhan zu Minsoo, als er die beiden eine Weile beobachtet hatte. Doch Minsoo war in keinster Weise überrascht darüber. Es lag schon immer in Hoons Charakter, Freundschaft mit Personen zu schließen, die anders waren als der Rest.

Minsoo erklärte dies Juhan, der den Kopf auf seinem Handballen abstützte, um Minsoo besser betrachten zu können.

„Und was ist mit dir? Bist du an dem Mysteriösen von Fremden interessiert, die du erst kennengelernt hast?"

„Wieso?", hielt Minsoo dagegen. „Hättest du denn gern, dass ich dich interessant finde?"

„Hältst du mich denn für mysteriös?"

Minsoo lachte leise auf. „Was sollte denn an dir mysteriös sein?", fragte Minsoo, doch Juhan gab ihm dazu keine Antwort.

Lediglich ein leichtes Lächeln umspielte seine Augen und formte diese zu Halbmonden.

Minsoo biss sich auf die Lippe. Ihm war deutlich bewusst, dass Juhan mit ihm flirtete. Er dachte einen Moment darüber nach und beschloss schließlich, darauf einzugehen. Vielleicht würde er mehr über den Fremden erfahren, wenn er sich länger mit ihm unterhielt.

„Ich kenne dich noch nicht gut genug, um sagen zu können, ob du mysteriös bist", sagte Minsoo schließlich.

„Heißt das, du willst mich besser kennenlernen?" Juhan lehnte sich etwas in Minsoos Richtung und legte seinen freien Arm über Minsoos Stuhllehne.

„Möglicherweise", antwortete er nur und hielt Juhans intensivem Augenkontakt stand.

Juhan strahlte eine Aura aus, die auf Minsoo sehr einschüchternd wirkte. Sein Gegenüber schien genau zu wissen, was er wollte, und hatte sein Leben scheinbar fest im Griff. Mehr noch als Minsoo, der als Teil der Mordkommission schon fast alles gesehen hatte und wusste, was er von seinem Leben erwarten konnte. Juhan, der einige Jahre jünger war als Minsoo, wirkte jedoch, als hätte er deutlich mehr erlebt, als sein Alter glauben ließ.

Minsoos Blick fiel auf Juhans Handgelenk, der seinen Kopf noch immer auf dem Handballen abstütze. Der Ärmel seiner Jacke war ein paar Zentimeter nach unten gerutscht und ermöglichte den Blick auf die bleiche Haut, die darunter lag. Mit Erschrecken stellte Minsoo fest, dass eine lange

Narbe auf Juhans Unterarm vorhanden war. Eine Narbe, die vermutlich von einem Suizidversuch stammte.

Juhan bemerkte Minsoos erschrockenen Blick und hob seinen Kopf. Er zog den Ärmel über die Narbe und lehnte sich in seinem Stuhl zurück.

„Was ist da passiert?", fragte Minsoo noch immer erschrocken über seinen Fund.

„Mach dir keine Gedanken darüber", antwortete Juhan nur mit einem Lächeln.

„Aber das sieht aus ...“

„Das sieht aus wie etwas, worüber niemand gern redet, nicht wahr?", unterbrach ihn Juhan noch immer lächelnd. „Es ist aber nicht das, was du denkst."

„Was ist es dann?", fragte Minsoo argwöhnisch. Er konnte sich keinen anderen Grund für eine solche Narbe an exakt dieser Stelle vorstellen.

Juhan beugte sich wieder Minsoo entgegen. Mit leiser Stimme antwortete er ihm: „Ich denke nicht, dass ich dich schon gut genug kenne, um dir mein dunkelstes Geheimnis zu verraten."

Wieder legte sich ein Schatten über Juhans Augen und Minsoo lief erneut ein Schauer über den Rücken. Wenn Juhan so sprach, fand Minsoo ihn tatsächlich mysteriös. Er wollte mehr über den jungen Fremden wissen und redete sich ein, dass dies aufgrund seines Verdachts war, dass Juhan etwas mit den Morden zu tun hatte.

Nach einer Weile trank Hoon sein Glas aus, das sein viertes oder fünftes Bier an diesem Abend war, und verkündete, dass er genug für den Abend hatte und nach Hause gehen wolle.

„Ich begleite dich", erklärte Minsoo sogleich und griff ebenfalls nach seinem Glas.

„Das musst du nicht", sagte Hoon und hielt Minsoo davon ab, sein Bier zu leeren. „Ich finde auch allein nach Hause."

„Ich werde dich nicht allein durch die Nacht laufen lassen", schimpfte Minsoo und schüttelte Hoons Hand hab, die ihn festhielt. „Nicht nachdem, was letztes Mal passiert ist!"

„Wieso?", fragte Seojun nun. „Was ist denn passiert?"

„Hoon wurde auf seinem Heimweg angegriffen und Stunden später blutüberströmt von seinem Nachbarn gefunden", erklärte Yujun kurz angebunden. Die vier Freunde sahen sich gegenseitig überrascht an.

„Was ist passiert?", fragte nun auch Juhan und Hoon antwortete ihm.

„Das weiß ich nicht. Ich wurde ohnmächtig und das Nächste, woran ich mich noch erinnere, ist, dass ich im Krankenhaus aufgewacht bin. Ich war von getrocknetem Blut übersät, aber hatte selbst keine Verletzungen. Die Ärzte konnten nichts finden. Yujun und Minsoo haben versucht herauszufinden, woher das Blut kam. Es war tatsächlich mein eigenes, aber nichts ist dabei herausgekommen."

„Habt ihr das der Polizei gemeldet?", fragte Kimoon.

Hoon lachte. „Yujun und Minsoo sind ja von der Polizei. Wusstet ihr das nicht?"

Die vier Freunde taten überrascht und Juhan wandte sich an Minsoo.

„Du bist also Polizist, Herr Kommissar."

„Hauptkommissar, wenn ich bitten darf", antwortete Minsoo angeberisch. Es war nicht üblich, dass Polizisten in seinem und Yujuns Alter bereits Hauptkommissare waren, weshalb er sehr stolz auf ihrer beiden Erfolge war.

„Das ist jetzt aber nicht wichtig", wandte sich Minsoo wieder an Hoon, der soeben seine Jacke anzog. „Du gehst nicht allein nach Hause."

70

In diesem Moment stand Haru von seinem Stuhl auf und legte seine Hand auf Hoons Rücken.

„Du willst mich nach Hause bringen?", fragte Hoon überrascht und Haru nickte bestätigend.

„Das ist nicht nötig", sagte Minsoo und stand von seinem Stuhl auf. „Ich bringe meinen Freund selbst nach Hause."

Juhan jedoch griff nach Minsoos Ellenbogen und hielt ihn zurück. „Lass Haru ihn nach Hause bringen, wenn er das möchte."

„Mir macht es wirklich nichts aus, allein zu gehen", sagte Hoon zu Haru, doch dieser griff nach dessen Handgelenk und zog ihn in Richtung Ausgang. Hoon konnte sich gerade noch verabschieden, bevor er seine Freunde aus dem Blick verlor.

Draußen angekommen ließ Haru Hoons Handgelenk wieder los und steckte seine Hände in die Taschen seiner Hose. Stumm machten sie sich auf den Weg zu Hoons Wohnung.

## Kapitel 14

Schweigend liefen Haru und Hoon durch die Nacht. Sie gingen durch den Park, überquerten die Hauptstraße und liefen durch die dunkle Gasse, deren Straßenlaterne noch immer nicht repariert war.

„Du bist echt ein netter Typ", sagte Hoon plötzlich und Haru wandte sich ihm überrascht zu. „Das meine ich tatsächlich so. Du kennst mich kaum und doch sehe ich, dass du dir Sorgen um mich machst. Das ist zwar nicht nötig, aber ich danke dir dafür."

Nach kurzer Zeit erreichten sie Hoons Wohnhaus, vor dem sie stehen blieben.

„Hier wohne ich", sagte er zu Haru. „Danke, dass du mich hierher begleitet hast."

„Ich komme mit nach oben", sagte Haru zu ihm und Hoon hörte zum ersten Mal dessen Stimme. Sie war sanft und hell, ganz anders, als Hoon vermutet hatte. Er hatte gedacht, dass Haru deshalb nicht vor Fremden reden wollte, weil er vielleicht eine komische Stimme hatte, doch dem war nicht so. Stattdessen lag etwas in seiner Stimme, das Hoon nicht daran zweifeln ließ, ihn in seine Wohnung zu lassen.

Ohne etwas dagegen zu sagen, führte Hoon Haru durch das Treppenhaus und ließ ihn eintreten.

„Kann ich dir einen Kaffee anbieten?", fragte Hoon und ging in seine Küche.

„Zieh deine Jacke aus", verlangte Haru, anstatt ihm eine Antwort zu geben. Hoon tat, wie ihm befohlen wurde. Er legte die Jacke über einen der Stühle und sah, wie Haru nähertrat.

„Halt still und gib keinen Ton von dir", sagte Haru. Er legte eine Hand auf Hoons Schulter und sah ihm in die

Augen. „Du hast keine Angst und wirst keinen Schmerz verspüren."

Hoon beobachtete, wie Harus Augen sich veränderten. Sie begannen rot zu glühen und Hoon hatte das Gefühl, dass er dies schon einmal gesehen hatte. Dann zog Haru seine Oberlippe zurück und offenbarte Fangzähne. Hoon war sich sicher, dass Haru diese vorher noch nicht gehabt hatte. Sie ihm aufgefallen wären, als Haru lautlos in der Kneipe gelacht hatte.

Hoon verspürte keine Angst, als Haru ihn mit sanfter Gewalt gegen die Küchentheke stieß. Mit beiden Händen hielt er sich daran fest, darauf wartend, was als Nächstes passieren würde.

Haru näherte sich mit seinem Mund Hoons Hals und seine Fangzähne durchstießen die weiche Haut. Haru traf genau seine Halsschlagader. Hoon spürte, wie der Vampir an seinem Hals zu saugen begann und sein Blut trank. Er wusste nicht, was ihn dazu veranlasste, doch er legte seine Hände auf Harus Taille und ermutigte ihn, weiterzutrinken. Dieser lehnte sich gegen Hoons Körper und stützte seinen Kopf, sodass er besseren Zugang zu dessen Nacken hatte.

Hoon fühlte keinen Schmerz. Stattdessen erfüllte ihn ein Gefühl der Zufriedenheit, wissend, dass Haru sein Blut brauchte, um zu überleben.

Nach einer kurzen Weile, Hoon hatte nicht so bald damit gerechnet, zog Haru seinen Kopf zurück und blickte ihm in die Augen. Harus Augen waren nun so rot wie sein Blut und nichts ließ mehr erahnen, dass sie zuvor braun waren. Keiner von ihnen sagte ein Wort.

Haru wandte seinen Blick Hoons Hals zu und sah zufrieden zu, wie sich die beiden Wunden von selbst wieder schlossen. Ein spezielles Sekret in seinen Fangzähnen sorgte dafür, keine Beweise zu hinterlassen. Haru beugte sich noch ein letztes Mal vor und fuhr mit seiner Zunge über das Blut, das noch aus den Wunden getreten war, bevor sie verheilten.

Er entfernte vorsichtig seinen Griff in Hoons Nacken und richtete sich wieder auf. Hoons Hände lagen noch immer um Harus schmaler Taille.

„Hast du genug getrunken?", fragte ihn Hoon.

Haru nickte lächelnd. Seine Fähigkeiten waren in solchen Situationen am praktischsten. Zwar bedeutete dies, dass er unter normalen Umständen nicht mit Menschen reden konnte, doch hatte er nie Probleme damit, ein Opfer zu finden, von dem er trinken konnte.

„Möchtest du jetzt einen Kaffee?", fragte Hoon wieder.

Haru schüttelte mit dem Kopf. Er entfernte Hoons Hände von seiner Taille und trat einen Schritt zurück.

„Du gehst jetzt zu Bett", befahl Haru. „Und wenn du einschläfst, wirst du all das vergessen haben, was nach dem Öffnen der Haustüre passiert ist."

Haru beobachtete, wie Hoon sich zu seinem Schlafzimmer begab, und wusste, dass er auf seine Fähigkeiten vertrauen konnte. Er verschwand aus der Wohnung, ohne ein weiteres Geräusch zu verursachen.

## Kapitel 15

In der Kneipe Moonrise hatte Minsoo noch immer ein ungutes Gefühl dabei, dass Hoon mit einem Fremden gegangen war. Er hatte gehofft, dass ihm sein Freund eine Nachricht senden würde, wenn er sicher zu Hause angekommen war – doch er wartete vergeblich.

„Haru wird Hoon beschützen, sollte unterwegs etwas passieren", sagte Juhan mit leiser Stimme, als Minsoo von seinem Handy aufblickte.

„Haru ist doch selbst nur ein Strich in der Landschaft", gab Minsoo zu bedenken, was Juhan zum Lachen brachte.

„Du wärst erstaunt, wie stark Haru wirklich ist." Ein Glitzern in Juhans Augen sagte Minsoo, dass hinter dieser Aussage mehr steckte als nur dessen körperliche Kraft. „Haru kann auf sich selbst aufpassen."

Minsoo nickte, war jedoch nicht davon überzeugt, dass es seinem Freund gut gehen würde.

„Minsoo, ich muss zurück zum Revier", sagte Yujun plötzlich und blickte von seinem eigenen Handy auf. „Junwoo hat soeben geschrieben, dass er etwas Wichtiges herausgefunden hat."

„Ich komme mit", sagte Minsoo sofort, doch Yujun schüttelte mit dem Kopf.

„Ich will mir das erst selbst ansehen", sagte er. „Bleib ruhig hier, ich glaube nicht, dass es *so* wichtig ist, wenn er nur mich zurückruft."

„Jeder Hinweis in dem Fall ist wichtig", hielt Minsoo dagegen, doch Yujun wollte nichts davon hören.

„Was kann schon so wichtig sein, was Junwoo herausgefunden hat?", lachte er und Minsoo musste ihm zustimmen. Der junge Polizist hatte zwar hohe Ambitionen, was seinen Beruf anging, doch hatte er bisher noch nicht bewiesen, dass er seine Ziele auch erreichen würde.

Minsoo willigte daher ein, Yujun allein zum Revier gehen zu lassen, und blieb zurück.

„Du bist also Polizist", begann Juhan erneut und lenkte Minsoos Aufmerksamkeit wieder auf sich. „Welche Art Polizist bist du denn?" Juhan stützte sein Kinn wieder auf seinen Handballen, um Minsoo besser ansehen zu können. „Fährst du den ganzen Tag Streife und suchst nach Kleinkriminellen?"

„Glaubst du denn, dass zwei so vielversprechende Hauptkommissare wie Yujun und ich nichts Besseres zu tun haben?", stellte Minsoo als Gegenfrage und lächelte Juhan schelmisch an. „Yujun und ich sind von der Mordkommission", gab er ihm als Antwort.

„Dann untersucht ihr also die beiden Mordfälle?", fragte Juhan weiter, obwohl er die Antwort bereits kannte. Minsoo nickte bestätigend.

„Wie kommt ihr da voran?", fragte er weiter.

„Das, mein Freund, kann ich dir nicht beantworten", entgegnete Minsoo.

Juhan hob eine Augenbraue. „Es sind also geheime Informationen", stellte er fest.

„Über laufende Ermittlungen dürfen wir nicht mit Außenstehenden sprechen", erklärte ihm Minsoo.

„Was ist mit Hoons Fall?", wollte Juhan wissen. „Ist das auch eine laufende Ermittlung?"

Minsoo runzelte die Stirn. „Nein ... Ehrlich gesagt wissen wir auch gar nicht, was wir ermitteln sollen. Hoon hatte keine Verletzungen und scheint einfach nur ohnmächtig geworden zu sein. Es gibt hier nichts zu untersuchen."

Juhan lehnte sich Minsoo entgegen. „Das ist aber nicht das, was du über den Vorfall denkst."

„Dafür kenne ich Hoon zu gut", stimmte Minsoo zu. „Niemand kann erklären, was an dem Abend passiert ist. Es ging ihm noch gut, als er von hier losgelaufen ist. Irgendetwas ist auf seinem Heimweg passiert ..." Minsoo zögerte. „Wir wissen noch immer nicht, woher das Blut kam. Hoon lag in einer Blutlache seines eigenen Blutes ... Im Grunde genommen hätte er verblutet sein müssen. Doch die Ärzte sagten, dass ihm nichts fehlt. Kein Tropfen Blut war zu wenig in seinem Körper, als sie ihn untersuchten."

„Hast du denn eine Theorie, was passiert sein könnte?", bohrte Juhan weiter nach.

„Leider nicht, sonst hätte ich darauf gedrängt, weiter in dem Fall ermitteln zu dürfen."

Juhan nickte stumm und brachte wieder etwas Abstand zwischen sich und Minsoo. Es schien so, als wäre Juhan zufrieden mit dieser Antwort, denn er bohrte nicht weiter nach.

„Und was tust du, wenn du nicht mit deinen Freunden in Bars herumhängst?", fragte Minsoo.

Juhan dachte einen Moment darüber nach, entschied sich aber, die Wahrheit zu sagen. „Nichts."

„Du bist arbeitslos?", fragte Minsoo überrascht und Juhan nickte.

„Keiner von uns arbeitet", sagte er. „Wir leben von meinem Vermögen aus Grundbesitz."

„Ihr lebt alle zusammen?", fragte Minsoo weiter.

„Ja, wir sind wie eine Familie", antwortete Juhan und blickte kurz zu Seojun und Kimoon. „Sie sind wie Brüder für mich, die ich unterstützen muss, damit sie überleben können."

„Chris auch?", fragte Minsoo und Juhan lachte kurz auf.

„Chris ist eher wie ein rebellischer Sohn, den ich großziehen muss."

„Er ist doch nur drei Jahre jünger als du", stellte Minsoo fest.

Wieder musste Juhan lachen, was erneut seine Halbmondaugen hervorbrachte. „Kommt mir vor, als wären es mehr."

Bis spät in die Nacht unterhielt sich Minsoo mit Juhan und erfuhr mehr über die Gruppendynamik der Freunde beziehungsweise der Familie, wie Juhan sie nannte. Er war der Älteste und verspürte seinen Brüdern gegenüber ein Gefühl der Verantwortung. Er und Seojun, der der Zweitälteste war, kümmerten sich um die jüngeren und sorgten dafür, dass sie nicht auf den falschen Weg gerieten. Scheinbar hatte niemand von ihnen eine echte Familie, denn Juhan erwähnte diese mit keinem Wort.

Je länger sich Minsoo mit Juhan unterhielt und je mehr er über ihn erfuhr, umso unwahrscheinlicher fand er seine Vermutung, dass Juhan etwas mit den Vorfällen zu tun haben könnte. Er war ihm viel zu sympathisch, als dass er ihm ein solches Verbrechen zumuten könnte. Es war wohl doch nur ein seltsamer Zufall, dass der Ring am Tatort eine Ähnlichkeit mit denen dieser Familie aufwies und Juhan keinen trug. Minsoo hatte auch keinen einzigen Beweis dafür, dass der Ring diesem attraktiven Mann gehören könnte, weshalb er nunmehr diese Annahme verwarf.

Minsoo begann, Juhan zu vertrauen, weshalb er schließlich auch keine Einwände hatte, sich von ihm nach Hause begleiten zu lassen.

Der Polizist verabschiedete sich von seiner Begleitung, als die beiden seine Wohnung erreichten. Sie tauschten schweigend einen langen Blick aus und Minsoo hatte das Gefühl, als wollte Juhan noch etwas sagen. Dieser schüttelte jedoch den Kopf und drehte sich um. Die Hände in die Hosentaschen gesteckt, lief Juhan den Weg zurück, den sie gekommen waren. Minsoo blickte ihm noch kurz hinterher, bevor auch er sich umdrehte und ins Haus ging.

Minsoo hängte seine Jacke an die Garderobe und legte seinen Schlüssel auf die Kommode neben der Tür. Anschließend ging er in die Küche und holte einen Krug mit Wasser aus dem Kühlschrank. Er füllte ein Glas, stellte den Krug zurück, schloss den Kühlschrank und lehnte sich mit dem Rücken gegen die Küchenzeile. Nachdenklich trank er einen Schluck und stellte das Glas wieder neben sich ab.

Er wusste nicht, was er von Juhan halten sollte.

Dieser Mann war ein sehr sympathischer Mensch. Minsoo hatte einen wunderbaren Abend mit seinen neuen Freunden und Juhans Familie verbracht. So viel gelacht hatte er seit Langem nicht mehr. Besonders Juhans Flirtversuche schmeichelten ihm. Er spürte förmlich, wie seine Ohren heiß wurden, als er sich daran erinnerte, wie Juhan sich ihm in der Bar entgegengelehnt hatte.

Es war lange her, dass Minsoo in der Stimmung war, mit jemandem zu flirten. Es überraschte ihn, dass ausgerechnet Juhan diese Gefühle in ihm hervorrief und konnte auch nicht bestreiten, dass er überaus attraktiv war.

Mit einem Mal wurde Minsoo bewusst, dass er ein Lächeln auf den Lippen hatte, während er an Juhan dachte. Sofort runzelte er die Stirn.

Es war ein schlechter Zeitpunkt für ihn, jemand Neues kennenzulernen. Er sollte sich lieber auf die Ermittlungen konzentrieren, dachte er bei sich.

Minsoo trank sein Glas aus und stellte es in die Spüle. Er beschloss, Juhan das nächste Mal zu ignorieren, wenn er ihm über den Weg laufen sollte. Er hatte im Moment wirklich Wichtigeres zu tun. Juhan hatte nun Kenntnis davon, dass er Polizist war und würde es hoffentlich verstehen.

Und wenn er es nicht akzeptierte, wusste Minsoo sogleich, woran er bei ihm war und brauchte diese Freundschaft nicht länger zu verfolgen.

Entschlossen ging Minsoo in sein Schlafzimmer, zog sich um und legte sich ins Bett. Unwissend, dass er vom Dach des Nachbargebäudes aus die ganze Zeit beobachtet wurde.

Juhan stand im Schutz der Dunkelheit auf dem Dach und blickte durch die Fenster in Minsoos Wohnung. Er wartete darauf, bis sämtliche Lichter in der Wohnung ausgeschaltet waren, bevor er sich abwandte und selbst nach Hause ging.

# Kapitel 16

Als Minsoo am nächsten Morgen im Revier ankam und sein Büro betrat, fiel ihm sofort auf, dass Yujun die ganze Nacht kein Auge zugemacht hatte.

„Seit wann bist du nun schon auf?", fragte er seinen Partner besorgt. Dieser blickte auf die Uhr, stellte jedoch fest, dass es weit über 24 Stunden waren.

„Ich werde wohl ein Nickerchen im Bereitschaftszimmer halten", sagte Yujun gähnend und streckte sich in seinem Stuhl.

„Du solltest lieber nach Hause fahren und dich ordentlich ausruhen", gab Minsoo zu bedenken, doch Yujun wollte nichts davon hören.

„Du hast im letzten Fall wochenlang mit nur ein paar Stunden Schlaf gearbeitet", erinnerte Yujun ihn daran. „Da machen mir diese paar Tage nichts aus."

„Überarbeite dich nur nicht", meinte Minsoo besorgt.

„Mach dir keine Sorgen um mich", gähnte Yujun und stand auf. „Später kommt jemand, der auf Mordfälle wie unsere spezialisiert sein soll."

„Ein Spezialist?", fragte Minsoo überrascht und Yujun hielt in der Tür inne.

„Ja. Deshalb hat Junwoo mich gestern zu sich gerufen. Der Spezialist hat das Revier kontaktiert und seine Hilfe angeboten. Ich habe ihm gesagt, dass wir uns einmal anhören werden, was er zu sagen hat. Er kommt in etwa zwei Stunden."

Minsoo nickte und Yujun verließ den Raum, um sich im Bereitschaftszimmer schlafen zu legen.

Während Minsoo auf den Spezialisten wartete, ging er nochmals alle Beweismittel durch, die sie bisher gesammelt hatten.

Als er am Ring ankam, betrachtete er ihn nachdenklich. Die Spurensicherung hat keine DNA-Spuren oder Fingerabdrücke darauf finden können. Selbst wenn sie einen Verdächtigen hätten, könnten sie aufgrund dessen nicht beweisen, dass er ihm gehörte. Enttäuscht über die unbrauchbaren Beweise legte Minsoo den Ring wieder auf die Seite und ging die Obduktionsberichte nochmals durch.

Der Spezialist stellte sich als Jackson Bae vor. Er trug einen schwarzen Anzug, hatte blonde Haare und ein freundliches Lächeln im Gesicht. Minsoo gab ihm höflich seine Hand und stellte sich und seinen Kollegen Yujun vor.

„Danke, dass Sie mit mir zusammenarbeiten wollen", sagte Jackson fröhlich und legte seine Aktentasche auf Minsoos Schreibtisch ab. „Ich schlage vor, dass wir gleich beginnen, da in solchen Fällen Eile geboten ist."

„Wieso das?", fragte Minsoo.

„Weil es nicht lange dauern wird, bis Sie ein weiteres Opfer finden werden", antwortete Jackson und begann, diverse Umschläge aus seiner Tasche hervorzuholen.

„Wie kommen Sie denn darauf?", fragte nun Yujun besorgt.

„Die Leichen waren alle blutleer, nicht wahr?", stellte Jackson als Gegenfrage. Minsoo und Yujun sahen sich überrascht an. Diese Information war nicht an die Medien weitergegeben worden. „Keine Sorge, niemand aus Ihrem Revier hat darüber geredet. Ich kenne mich mit solchen Fällen aus und habe einfach geraten, dass es hier ebenfalls der Fall ist." Jackson zog ein paar Dokumente aus einem der Umschläge und breitete diese auf Minsoos Schreibtisch aus.

„Dies ist nicht das erste Mal, dass eine Reihe von Mordfällen mit scheinbar unlösbaren Todesursachen geschehen", sagte Jackson und deutete auf ein paar der Zettel. „7 Tote im Jahr 2015 in Busan, 5 Tote in 2013 in Hongkong, 2010 waren es 6 Tote in Bangkok. Alle Leichen waren blutleer, wiesen keine Verletzungen an den Leichen auf und es war kein Verdächtiger zu finden."

Minsoo sah sich die Unterlagen erschrocken an. „Glauben Sie, dass das alles derselbe Mörder ist?"

„Gut möglich", antwortete Jackson, „aber ich bin noch nicht fertig." Er öffnete einen weiteren Umschlag und zog Zeitungsberichte, Fotos und einige Ausdrucke aus dem Internet heraus. „2001 waren es 4 Tote in New York. Im Jahr 1992 wurden 15 Leichen mit den gleichen Anzeichen in Paris gefunden. 1965 waren es 8 weitere Tote in New Orleans. 1862 gab es insgesamt 25 Tote in München. Meine Sammlung reicht zurück bis ins Jahr 1832, in dem 4 blutleere Leichen in Zürich gefunden wurden."

„Das kann doch nicht alles eine Person gewesen sein!", gab Yujun zu bedenken. „Handelt es sich hier etwa um einen Mafiaring?"

„So etwas in der Art", erklärte Jackson. „Eine Reihe von Serienmorden über Generationen verteilt, überall auf der Welt, mit ein und derselben Todesursache: übermäßiger Blutverlust, jedoch ohne eine einzige äußere Verletzung. In keinem dieser Fälle wurde ein Verdächtiger verurteilt. Sie haben in Seoul bisher nur zwei Leichen gefunden. Machen Sie sich darauf gefasst, dass es noch viel schlimmer werden wird."

„Aus welchem Grund haben die Morde jeweils gestoppt?", fragte Minsoo und sah sich die Unterlagen genauer an. „Schließlich wurde niemals ein Verdächtiger geschnappt."

„Das weiß ich nicht", antwortete Jackson. „Es scheint jedes Mal so zu sein, als hätte der Mörder keine Lust mehr gehabt und eines Tages beschlossen, damit aufzuhören."

Minsoo zog eine alte Fotografie, die sich unter den Unterlagen von Jackson befand, hervor und sah sie sich genauer an. Das Foto war schwarz-weiß und deutlich vergilbt. Es waren darauf mehrere Männer zu sehen, die um einen Tisch herumstanden, auf dem die Leiche eines Mannes zu sehen war. In einer Ecke des Fotos stand die Jahreszahl 1862 sowie der Ort der Aufnahme, München. Die Männer auf dem Bild waren alle in Schwarz gekleidet, bis auf den Mann in der Mitte, der einen weißen Kittel trug. Dieser hatte ein Skalpell in der Hand und schien kurz davor zu sein, die Leiche vor ihm aufzuschneiden. Doch das war es nicht, was Minsoos Interesse geweckt hatte. Einer der Männer auf diesem Foto kam ihm ungewöhnlich bekannt vor. So bekannt, dass Minsoo plötzlich Gänsehaut bekam.

Zweifel waren für ihn ausgeschlossen, denn das Gesicht dieses Mannes hatte er in den letzten Tagen mehrmals genau studiert, und doch konnte er nicht glauben, was er vor sich sah.

Er ging mit dem Bild zu seiner Schreibtischlampe und hielt das verblichene Papier unter das Licht. Doch egal in welchem Winkel er sich das Gesicht und die Statur des Mannes auch ansah, es bestand kein Zweifel: Es war Juhan. Minsoo vergewisserte sich nochmals bezüglich der Jahreszahl am unteren Ende des Bildes. 1862.

Das war einfach nicht möglich!

## Kapitel 17

Minsoo blickte weiterhin ungläubig auf das über 160 Jahre alte Bild und achtete nicht mehr darauf, was Yujun und Jackson besprachen. Die Ähnlichkeit dieses Mannes mit Juhan konnte er sich nur erklären, dass dieser einen Vorfahren hatte, der ihm wie aus dem Gesicht geschnitten war. Eine andere Möglichkeit gab es nicht.

„Yujun", sagte Minsoo schließlich und blickte von dem Bild endlich auf. „Sieh dir das an!" Doch er kam nicht mehr dazu, Yujun das Foto zu übergeben, denn in diesem Moment öffnete Junwoo die Tür zu ihrem Büro und sah die Männer verzweifelt an.

„Es wurde soeben wieder eine Leiche gefunden", sagte er.

„Wo?", fragten Minsoo und Yujun unison.

„In einer Seitengasse eines 7-Eleven … in der Nähe des Hot Sun Clubs", erklärte Junwoo und bestätigte damit den Hauptkommissaren, dass das Opfer wieder in der Nähe eines Nachtclubs gefunden wurde.

Yujun und Minsoo machten sich auf den Weg zum Tatort. Dort angekommen wurde ihnen auch sofort bewusst, weshalb das Opfer nicht früher gefunden wurde, sollte es in der vergangenen Nacht ermordet worden sein.

Die Leiche lag in einer Seitengasse schräg gegenüber eines 7-Eleven. Es war eine Sackgasse, in der diverse Mülltonnen und Container standen. Das Opfer lag zwischen Mülltonnen am Boden und war von der größeren Straße aus, die vor dem Supermarkt verlief, nicht zu sehen.

Der Gerichtsmediziner, Herr Lee, war bereits vor den beiden Hauptkommissaren vor Ort und teilte ihnen mit, dass das Opfer in der letzten Nacht gestorben war. Wieder in den frühen Morgenstunden.

Minsoo fuhr sich mit den Fingern verzweifelt durch die Haare. Während seiner gesamten Karriere bei der Mordkommission hatte er noch nie einen solchen Fall zu lösen gehabt. Er hatte aufgrund der drei Opfer jetzt offiziell einen Serienmörder in der Stadt.

Auch im Apartment der Vampire hatte man von dem neuesten Mordfall erfahren. Alle sahen sich die Nachrichten im TV an.

„Ich glaube nicht, dass der Vampir bald weiterziehen wird", gab Seojun zu bedenken und sprach damit aus, was sie sich alle dachten.

„Er ist erst in einem Fall gescheitert", stimmte Haru zu.

„Du meinst Hoon?", fragte Kimoon.

„Hoon wurde mit Sicherheit von dem Vampir angegriffen", bestätigte Juhan.

„Ich frage mich nur, wie er ihm entkommen konnte und wieso der Angriff auf ihn so stümperhaft vollzogen wurde", sagte Seojun.

„Hoon konnte entkommen, weil der Vampir unterbrochen wurde", erklärte Haru und alle im Raum sahen ihn an. „Ich habe ihn quasi gerettet."

„Du hast was?", fragte Kimoon überrascht.

„Ich habe ihn gerettet", erklärte Haru nochmals. Dies bedurfte weiterer Erklärung, weshalb er fortfuhr. „Ich habe Hoon an jenem Abend verfolgt, um mich selbst an ihm zu laben, mein Vorhaben aber wieder verworfen, als ich festgestellt habe, dass er fast an seiner Wohnung war. Als ich gehen wollte, wurde er von einem Vampir angegriffen."

„Wieso hast du das nicht früher erzählt?", fragte Seojun aufgebracht.

„Weil ich gehofft hatte, dass der Vampir nach einem Opfer wieder gehen würde", gab Haru zu.

86

„Dann weiß der Vampir also, dass wir hier sind?", fragte Chris besorgt.

„Nein, ich habe mich nicht als Vampir zu erkennen gegeben", erklärte Haru. „Als er mich sah, hat er die Flucht ergriffen und Hoon blutend zurückgelassen. Er hat so viel Blut verloren. Hätte ich ihn nicht geheilt, wäre er nur wenige Meter vor seiner Wohnung gestorben. Das konnte ich nicht mit ansehen."

Schweigen erfüllte das Apartment, während die Vampire weiter die Nachrichten verfolgten. Schließlich durchbrach Chris die Stille.

„Ich frage mich, ob sie Fingerabdrücke auf dem Ring gefunden haben."

„Welchen Ring?", fragte Juhan sogleich.

„Es wurde ein Ring am Tatort des ersten Opfers gefunden", erklärte Chris. „Habe ich euch das nicht erzählt?"

„Nein, hast du nicht!", sagte Kimoon sogleich. „Woher weißt du das?"

„Das habe ich gehört, als ich Minsoo und Yujun gefolgt bin."

„Hast du den Ring gesehen?", fragte Juhan sofort, und alle im Raum sahen ihn an.

„Nein, du hast mich ja in dem Moment gefunden, als ich durch das Fenster schauen wollte", gab Chris zu und plötzlich klickte es bei ihm.

„Juhan, wo hast du denn deinen Ring verloren?", fragte Haru nun.

„Das weiß ich nicht", antwortete Juhan. „Das habe ich euch doch schon gesagt."

„Wann hast du ihn verloren?", verlangte Chris zu wissen.

„Wieso verhört ihr mich?" Juhan blickte zurück auf den Fernseher, auf dem das undeutliche Bild des Verdächtigen der

Überwachungskamera gezeigt wurde. „Ihr glaubt doch wohl nicht, dass ich diese Menschen umgebracht habe!"

„Dann erklär mir, wieso du deinen Ring verloren hast und die Polizei vermutlich einen solchen bei der ersten Leiche gefunden hat", sagte Kimoon und blickte Juhan verärgert an.

„Das kann ich dir nicht erklären, Kimoon", sagte Juhan schnell. „Meiner ist es aber sicherlich nicht. Ich hatte mit keinem der Opfer etwas zu tun!"

„Das lässt sich leicht herausfinden", warf Seojun ein, bevor ein Streit ausbrechen konnte. „Kimoon und ich werden uns heute Abend den Ring genauer ansehen."

„Und wie willst du das Ganze anstellen?", fragte Kimoon argwöhnisch.

„Wir brechen in das Revier ein."

Da keiner der Vampire eine bessere Idee hatte, um Gewissheit zu erlangen, beschlossen sie, Seojuns Plan zu verfolgen.

Nachdem die Sonne untergegangen war, machten sich Seojun und Kimoon auf den Weg, um in das Polizeirevier einzubrechen.

Dies gestaltete sich jedoch schwieriger als gedacht. Das Revier war hell erleuchtet, als sie dort ankamen und vom Dach des Nebengebäudes aus das Geschehen beobachteten. Die Polizei war in höchster Alarmbereitschaft, da sämtliches verfügbares Personal dazu eingesetzt wurde, den Serienmörder zu schnappen.

Seojun und Kimoon blickten einige Minuten lang auf die Polizisten hinunter und überlegten, wie sie unentdeckt die Beweismittel finden könnten.

„Minsoos und Yujuns Büro ist hinter diesem Fenster", sagte plötzlich eine Stimme neben ihnen. Seojun und Kimoon zuckten erschrocken zusammen.

„Chris!", schimpfte Seojun mit leiser Stimme und Kimoon schlug dem Jüngsten verärgert auf den Arm. „Was machst du denn hier?"

„Ich dachte mir schon, dass ihr nicht wisst, wo ihr hinmüsst", erklärte er lächelnd. „Auf der anderen Seite ist der Lagerraum für die Beweismittel. Minsoo schaut sich die Beweise fast jeden Abend an, daher vermute ich, dass sie sich in seinem Büro befinden."

„Welcher Raum ist sein Büro?", fragte Seojun nach und Chris deutete auf ein Fenster, hinter dem zum Glück kein Licht brannte. „Meinst du, Minsoo und Yujun sind unterwegs?"

„Vielleicht sind sie noch am Tatort", gab Kimoon zu bedenken. „Wir sollten schnell hinein, bevor sie zurückkommen."

Seojun stimmte dem zu und befahl Chris, auf dem Dach zu warten. Kimoon und er sprangen vom Dach hinunter und landeten lautlos auf dem Boden. Im Schutz der Dunkelheit eilten sie am Haupteingang des Reviers vorbei und blieben vor dem Fenster stehen, hinter dem Minsoos Büro lag. Mit flinken Fingern öffneten sie das Fenster und stiegen hindurch.

Die beiden stellten fest, dass Minsoos Büro nicht in völliger Dunkelheit lag. Licht schien vom Flur durch die Glastür herein. Seojun gab Kimoon ein Zeichen, dass sie sich besonders beeilen mussten. Es standen mehrere braune Kartons auf den Tischen sowie am Boden. Sie öffneten einen Deckel nach dem anderen und wühlten sich durch die Dokumente und Plastiktüten, die sich darin befanden.

Nach kurzer Zeit – zum Glück – fand Seojun, wonach die beiden gesucht hatten: die Beweismittel zum ersten Opfer. Er zog eine Tüte mit einem Ring hervor und sah ihn sich genauer an.

Der Ring war silbern mit schwarzen Details. Er war identisch mit dem Ring, den Seojun an seinem rechten Zeigefinger trug. Es gab jedoch einen Unterschied. Die römischen Zahlen auf dem Ring in der Tüte waren anders: XV · I · MDCLXV.

Seojun lief es eiskalt den Rücken hinunter.

„Ich habe ihn gefunden", flüsterte Seojun Kimoon zu. Dieser blickte auf und meinte erleichtert: „Lass uns gehen!"

„Ist es seiner?", fragte Kimoon angespannt, doch Seojun antwortete ihm nicht. Er scheuchte seinen Freund zum Fenster hinaus und gerade, als Seojun selbst auf den Sims steigen wollte, öffnete sich die Tür des Büros und das Licht wurde eingeschaltet.

# Kapitel 18

Es war schon dunkel, als Minsoo und Yujun von der Gerichtsmedizin zurück zum Polizeirevier kamen. Herr Lee hatte ihnen wieder einmal bestätigt, dass auch diese Leiche blutleer war. Das bedeutete, dass sie tatsächlich ein drittes Opfer vom gleichen Täter hatten und einen Serienmord untersuchen mussten.

Im Vorraum des Reviers fanden sie Junwoo und Jackson, die angestrengt auf einen Bildschirm starrten.

„Hauptkommissar Lee, Hauptkommissar Moon!", rief Junwoo die beiden zu sich, als er sie bemerkte.

„Was gibt's, Junwoo?"

„Herr Bae hat eine interessante Entdeckung gemacht", sagte Junwoo und Jackson begann zu erklären.

„Vor etwa drei Wochen wurde ein Schwerverletzter ins Krankenhaus gebracht, der aber keine Verletzungen aufwies. Erinnern Sie sich?", fragte Jackson.

„Natürlich. Das Opfer ist ein Freund von uns", antwortete Yujun.

„Ich glaube, Herr Kim ist ein Überlebender des Täters", sagte Jackson.

„Wie kommen Sie denn darauf?", fragte Minsoo.

„Nun, zunächst hatte er keinerlei Verletzungen erlitten", erklärte Jackson. „Auch die Mordopfer haben keine Verletzungen."

„Aber im Gegensatz zu den Leichen hat Hoon kein Tropfen Blut gefehlt", entgegnete Yujun argwöhnisch.

„Das ist richtig", sagte Jackson. „Aber er wurde in einer Lache seines eigenen Blutes gefunden. Die Menge an Blut, die dort gefunden wurde, hätte ihn eigentlich töten müssen. Und es ist nie festgestellt worden, woher das Blut gekommen ist, nicht wahr?"

Minsoo bestätigte dies mit einem Nicken.

„Das erklärt aber nicht, wieso Hoon kerngesund war. Wenn unser Täter ihn angegriffen hat, wieso fehlt ihm dann nichts?", fragte Yujun.

Jackson schwieg. Scheinbar hatte auch er keine Antwort auf diese Frage. Minsoo jedoch hatte das Gefühl, dass ihnen Jackson nicht alles erzählte.

„Yujun, ich wollte dir vorhin etwas zeigen", erinnerte sich Minsoo plötzlich. „Komm mit!" Er führte Yujun zum gemeinsamen Büro und öffnete die Glastür. Er knipste das Licht an und erschrak, als er eine Gestalt mit roten Haaren am Fenster stehen sah. Bevor Minsoo jedoch etwas sagen konnte, war die Person durch die Öffnung gesprungen und in der Nacht verschwunden.

Minsoo eilte zum Fenster und versuchte, die Person zu finden, doch er konnte nichts sehen.

„Yujun, alarmiere die Kollegen! Jemand ist hier eingebrochen!", rief er ihm zu und dieser eilte zurück in den Vorraum. Minsoo hörte, wie Hektik ausbrach und einige seiner Kollegen mit Taschenlampen in der Hand am Fenster vorbeirannten, auf der Suche nach dem Einbrecher.

„Wurde etwas gestohlen?", fragte Yujun hinter Minsoo. Dieser drehte sich wieder um. Einige der Kisten mit Beweismaterial waren offen. Scheinbar wurden sie durchwühlt.

„Schau nach, ob irgendwelche Beweise fehlen!", wies Minsoo ihn an und gemeinsam machten sie sich an die Arbeit. Als er an die Kiste mit dem ersten Opfer des Serienmörders kam, bemerkte er, dass eine Tüte fehlte. Die Tüte mit dem Ring.

Minsoo blickte zu Yujun auf.

„Ich glaube, ich weiß, wer das gewesen ist."

Yujun sah überrascht auf. „Wer denn?"

„Seojun."

Yujun blickte ihn verwirrt an. „Seo-Seojun? Der Typ aus der Bar? Der immer so fröhlich ist? Wie kommst du denn da drauf?"

„Der Einbrecher hatte rote Haare", erklärte Minsoo.

„Na und? Es gibt viele, die ihre Haare rot färben."

Minsoo schüttelte den Kopf. Plötzlich fühlte er sich in seiner Vermutung bestätigt, dass Juhan etwas mit den Morden zu tun hatte. Ansonsten hätte Seojun den Ring nicht gestohlen. Vermutlich war auch er daran beteiligt. Weshalb würde er sonst einen Einbruch ins Polizeirevier riskieren, um den einzigen Beweis zu suchen und mitzunehmen, der den Tatort mit Juhan in Verbindung brachte?

Dann sank Minsoos Herz in die Hose. Er hatte wirklich gehofft, dass Juhan ein guter Mensch sei. Doch scheinbar hatte er sich in ihm getäuscht.

Minsoo erzählte Yujun endlich von seinem Verdacht und seinen Beobachtungen hinsichtlich der Ringe. Im ersten Moment war er nicht davon überzeugt, dass es ein relevanter Beweis war. Wenn er allerdings den Zusammenhang mit dem Einbruch herstellte, stimmte er dem zu, dass es einen Sinn ergab.

Gemeinsam beschlossen sie, gegen Juhan und Seojun zu ermitteln und machten sich darauf gefasst, dass auch die anderen drei in den Fall verwickelt waren.

In der ganzen Aufregung vergaß Minsoo wieder, Yujun von dem Foto zu erzählen.

Auf dem Weg zurück zum Apartment weigerte sich Seojun, die Fragen von Kimoon und Chris zu beantworten. Chris betrat als Erster die Wohnung und lief Juhan direkt in die Arme.

„Wo zum Teufel bist du gewesen?", fuhr er ihn wütend an. „Habe ich dir nicht verboten, nach draußen zu gehen?"

„Ich habe doch nur ...", begann Chris, doch er wurde von Seojun unterbrochen.

„Du hast kein Recht dazu, Chris irgendetwas zu verbieten!", schimpfte Seojun. Er warf Juhan etwas entgegen, der den Gegenstand ohne Probleme auffing, obwohl Seojun wohl jeden Pitcher mit seinem Wurf eifersüchtig gemacht hätte. „Erklär mir das!", verlangte Seojun vom Ältesten.

Juhan sah sich den kleinen Gegenstand genauer an und erkannte seinen eigenen Ring.

„Woher hast du ihn?", wollte Juhan wissen.

„Aus der Kiste mit den Beweismitteln zum ersten Opfer", sagte Seojun verärgert.

Bei diesen Worten sprang Haru vom Sofa auf und sah sich den Ring in Juhans Hand genauer an.

„Erklär mir bitte, wieso *dein* Ring am Tatort gefunden wurde, Juhan!", verlangte Seojun zu wissen. Seine Augen glühten rot, so verärgert war er über die ganze Situation.

„Ich weiß es nicht", antwortete Juhan und blickte seine Brüder an. Fassungslos starrten diese ihn an. „Ich habe niemanden umgebracht!", verteidigte sich Juhan, doch er sah in ihren Augen, dass sie ihm nicht glaubten und er sagen konnte, was er wollte.

„Ich glaub das einfach nicht", sagte Kimoon und trat neben Seojun. „Wie kannst du nur?"

„Ich habe das nicht getan!"

„Du hast uns immer gepredigt, dass es falsch ist, Menschen zu töten", sagte Chris leise.

„Weil es auch falsch ist!", rief Juhan. „Ich habe seit Jahrhunderten keinen Menschen mehr getötet. Das wisst ihr doch!"

„Ich weiß gar nichts mehr", erwiderte Haru und schaffte Abstand zwischen sich und Juhan. Er sah seinen ältesten Bruder angeekelt an und meinte: „Du hast Hoon in der Straße einfach verbluten lassen. Wie konntest du nur so grausam sein?"

„Ich schwöre euch, ich war das nicht!"

Es war egal, was Juhan von sich gab, seine Brüder glaubten ihm einfach nicht. Er sah in ihren Augen, dass ihr Vertrauen ihm gegenüber zerstört war.

„Ist das der Grund, weshalb du in der Stadt bleiben wolltest?", fragte Seojun nun. „Um zu morden?"

„Ich …, ich weiß, ihr glaubt mir nicht. Ich weiß, dass das übel aussieht …, aber ich schwöre euch: Ich war das nicht." Juhan wandte sich Seojun zu. Er kannte ihn am längsten. „Seojun, bitte! Du kennst mich doch!"

„Scheinbar kenne ich dich nicht gut genug", sagte dieser und warf wütend die Plastikhülle zu Boden, in der der Ring verwahrt worden ist. Er wandte sich von Juhan ab. „Ich bin echt enttäuscht von dir, Juhan." Mit diesen Worten ging er in sein Zimmer und schloss die Tür hinter sich.

Auch die anderen ertrugen es nicht länger, mit Juhan in einem Raum zu sein und zogen sich in ihre Schlafzimmer zurück. Nur er blieb allein zurück. Er starrte auf den Ring in seiner Hand und hielt ihn gegen das Licht. Es war eindeutig sein Ring. Er steckte ihn sich an seinen Finger und verließ traurig das Apartment.

## Kapitel 19

„Erklären Sie mir bitte, wie es sein kann, dass Sie bis heute noch keinen Tatverdächtigen verhaftet haben?", schimpfte Frau Kim Mirae, Dienststellenleiterin des Reviers Gangnams, lauthals in ihrem Büro. „Haben Sie außer einigen Stunden an Videoüberwachungsmaterial überhaupt irgendwelche Beweise?"

„Frau Kim, wir konnten einen Ring am ersten Tatort sicherstellen, doch darauf waren keine Fingerabdrücke zu finden", sagte Minsoo mit gesenktem Kopf. Er wagte es nicht, seiner Vorgesetzten in die Augen zu blicken.

„Ein Ring, den Sie sich haben stehlen lassen!", polterte sie. Frau Kim war keine groß gewachsene Frau, genau genommen war sie über einen Kopf kleiner als Minsoo. Und doch hatte sie eine Ausstrahlung, die Minsoo klein werden ließ.

Hilfe suchend wandte er sich an seinen Partner.

„Frau Kim, wir haben einen Verdächtigen, was den gestohlenen Ring anbelangt. Dieser führt uns womöglich auch zu dem Mörder. Wir setzen alles daran, die beiden zu finden", sagte Yujun.

„Das will ich aber auch hoffen! Das ist mir in meiner gesamten Laufbahn noch nicht passiert, dass in meinem Bezirk ein Serienmörder sein Unwesen treibt! Sehen Sie zu, dass Sie dem ein Ende bereiten. Und zwar pronto!" Sie warf die beiden Hauptkommissare aus ihrem Büro, die auf dem Flur erleichtert ausatmeten.

Minsoo setzte mehrere Polizisten darauf an, mehr über Juhan und Seojun herauszufinden, doch selbst nach ein paar Tagen hatten sie nichts Konkretes gefunden. Es war so, als wären sie Geister. Sie waren weder im Einwohnermelderegister verzeichnet noch waren ihre Fingerabdrücke hinterlegt, was bedeutete, dass diese Gruppe von Freunden sich seit 1999 nie offiziell als Bürger Südkoreas registriert haben. Das war praktisch unmöglich. In den Datenbanken der Polizei waren keine Informationen über sie gespeichert. Auch in den Clubs der Stadt, die Minsoo und Yujun besuchten, konnten sie die fünf Männer nicht finden. Es schien so, als wären sie plötzlich vom Erdboden verschluckt.

Schließlich verging eine ganze Woche ohne einen neuen Mordfall. War das ein gutes Zeichen? Schlimmer noch – dies war für Minsoo ein Grund mehr, den attraktiven Mann zu verdächtigen. Er war in der Stadt aufgetaucht, als die Morde begannen. Und zu dem Zeitpunkt, als Minsoo ihn verdächtigte und er von der Bildfläche verschwand, hörten die Mordtaten plötzlich wieder auf.

Eine Woche nach dem letzten Mord waren Minsoo und Yujun noch immer in den Clubs der Stadt unterwegs in der Hoffnung, Hinweise auf einen Angriff zu finden. Bislang hatten sie jedoch nichts ausfindig machen können. Minsoo hielt es langsam für Zeitverschwendung. Yujun jedoch hatte ihn an diesem Abend überzeugt, gemeinsam einen letzten Club zu besuchen, weshalb er sich nun durch die Menschenmassen quetschte und sich alarmiert umsah.

„Ihr seht aus, als würdet ihr nach etwas oder jemanden suchen", wurden sie von einem jungen Mann angesprochen.

Minsoo hielt inne und bemerkte, dass dieser Mann Yujun musterte. Nun sah er ihn sich genauer an. Der Mann war schlank, komplett in Schwarz gekleidet und trug hängende silberne Ohrringe. Er hatte zudem mehrere Piercings im Ohr, die alle mit silbernen Ketten geschmückt waren. Dieser Mann hatte ein höfliches Lächeln im Gesicht, allerdings waren seine Augen katzengleich. Minsoo hatte das Gefühl, dass er ihn schon einmal gesehen hatte.

„Wir schauen uns nur um", antwortete Yujun auf die Frage. „Eigentlich suchen wir nichts Bestimmtes."

„Seid ihr zu zweit hier?", fragte der Mann weiter und sie bestätigten ihm dies. „Ich bin allein hier. Habt ihr etwas dagegen, wenn ich euch einen Drink ausgebe?"

„Wir trinken heute nichts", antwortete Minsoo, doch Yujun warf ihm einen vielsagenden Blick zu. Minsoo verdrehte die Augen. „Meinetwegen. Ich sehe mich weiter um und komme dann wieder zu euch."

Yujun dankte ihm im Stillen und Minsoo ließ die beiden allein. Er ging zurück in den vorderen Teil der Bar und sah sich dort um. Doch er konnte nichts Ungewöhnliches feststellen. Ehrlich gesagt wusste er auch nicht, wonach er suchen sollte. Er konnte selbst nicht glauben, dass der Mörder jemanden in der Bar angreifen würde. Sämtliche Überwachungskameras der betroffenen Clubs haben gezeigt, dass die Opfer scheinbar ohne Verletzungen allein das Gebäude verlassen hatten. Wer auch immer sie getötet hatte, muss sie draußen angesprochen haben.

Minsoo beschloss, seine Ermittlungen für diesen Abend aufzugeben und wandte sich um, um zu Yujun zurückzukehren. Da sah er etwas, das ihn stutzig werden ließ.

Ein Gesicht in der Menge kam ihm bekannt vor.

„Entschuldigung", sagte Minsoo zu einem Pärchen, das ihm im Weg stand und quetschte sich an ihnen vorbei, um zu dieser Person zu gelangen. Doch als er die Stelle erreichte, an der er den Mann gesehen hatte, war dieser verschwunden. Verwirrt sah sich Minsoo um, doch er konnte ihn nicht wieder finden.

Hatte er es sich nur eingebildet, Juhan gesehen zu haben?

Minsoo verwarf den Gedanken und ging zurück zur Bar, um Yujun und den fremden Mann zu finden. Doch sie waren verschwunden. Minsoo sah sich im ganzen Club um, aber er konnte seinen Partner und den Unbekannten nicht mehr finden.

Er zog sein Handy heraus und sendete Yujun eine Nachricht, dass er ihm mitteilen soll, wo er sich befindet. Die Nachricht wurde empfangen, aber nicht gelesen.

Minsoo runzelte die Stirn. Yujun war noch im Dienst und trug auf jeden Fall sein Handy bei sich. Eine Nachricht von Minsoo würde er nicht einfach so ignorieren.

Er beschloss daher, seinen Partner anzurufen, doch dieser nahm nicht ab. Ein ungutes Gefühl überkam ihn, als er weiter im Club nach ihm suchte.

In der Nähe des Ausgangs konnte er ihn schließlich finden. Er war noch immer in Begleitung des fremden Mannes.

„Yujun!", rief Minsoo und versuchte, seinen Freund auf sich aufmerksam zu machen. Doch dieser reagierte nicht. Minsoo bemerkte in diesem Moment, dass Yujun von dem Fremden gestützt wurde. Sie verließen den Club und wandten sich nach rechts. Minsoo eilte ihnen hinterher und erreichte sie erst, als sie schon fast hundert Meter vom Eingang entfernt waren.

„Yujun, was sollte das?", fragte Minsoo seinen Partner und drehte ihn zu sich um. Doch Yujun antwortete ihm nicht.

„Minsooooo", zog Yujun seinen Namen in die Länge. „Wo warst duuu?"

„Was zum Teufel ist mit dir los?", verlangte Minsoo zu wissen und griff nach Yujuns Armen, da dieser gefährlich wankte.

„Ich habe dich gesucht", lallte Yujun und ließ sich gegen seinen Partner fallen.

„Bist du noch ganz dicht, dich in so kurzer Zeit so zulaufen zu lassen?", fragte Minsoo verärgert und zwang Yujun, ihm ins Gesicht zu schauen.

Doch Yujun war so betrunken, dass er ihm keine seiner Fragen beantworten konnte.

„Tut mir leid, was meinen Freund angeht", sagte Minsoo zu dem Fremden, der noch immer neben ihnen stand. „Ich bringe ihn nach Hause."

„Das kann ich gern übernehmen", sagte der Mann und griff nach Yujuns Schulter.

Minsoo sah den Fremden argwöhnisch an. „Nein, danke, ich kümmere mich selbst um ihn." Er legte Yujuns Arm um seine Schulter und führte ihn in die andere Richtung nach Hause.

Minsoo war über Yujuns Verhalten mehr als nur verärgert. Allerdings wusste er auch, dass ein Tadel in dieser Situation zu nichts führte. Er schwor sich aber, dass Yujun am nächsten Morgen ein besonderes Donnerwetter erwarten konnte.

## Kapitel 20

Noch in derselben Nacht erhielt Minsoo einen Anruf aus dem Revier, dass eine vierte Leiche gefunden wurde. Sie befand sich in der Nähe des Clubs, den Yujun und er vor nur wenigen Stunden verlassen hatten.

Ein schlechtes Gewissen plagte Minsoo. Er war sich sicher, dass er Juhan im Club gesehen hatte. Wenn er ihn doch nur gefunden und den Club nicht so bald wegen Yujun verlassen hätte, hätte er den Mord vielleicht verhindern können.

Yujun schwor Minsoo, letzte Nacht keinen einzigen Tropfen Alkohol angerührt zu haben. Er erklärte ihm außerdem, dass er es selbst nicht verstand, wieso er sich so verhalten hatte. In dieser Zeit kam er gar nicht dazu, einen Drink mit dem Mann einzunehmen. Minsoos Wut über Yujuns unverantwortliches Handeln wurde nur von dessen eigener Wut übertroffen. Er konnte sich tatsächlich nicht erklären, wieso er plötzlich so betrunken gewesen war.

Es herrschte an diesem Tag eine eiskalte Stimmung im Büro der Hauptkommissare. Beide machten sich Vorwürfe und waren sich darüber einig, dass es wohl kein viertes Opfer gegeben hätte, wären sie an diesem Abend wachsamer gewesen.

„Es bringt nichts, wenn Sie sich gegenseitig anschweigen", durchbrach Jackson die Stille und die Hauptkommissare sahen ihn wütend an. „Was passiert ist, ist passiert. Ich habe Sie gewarnt, dass es weitere Opfer geben wird. Es ist besser, wenn Sie sich zusammenreißen und wir gemeinsam versuchen, den Mörder zu schnappen, bevor er wieder auf den Geschmack kommt!"

Minsoo fuhr sich mit den Händen über das Gesicht. „Sie haben recht", sagte er schließlich und stand auf. „Es bringt nichts, hier Däumchen zu drehen und darauf zu warten, dass er wieder zuschlägt." Minsoo erzählte den beiden nun endlich davon, dass er Juhan am Abend zuvor im Club gesehen hatte.

„Das kann kein Zufall mehr sein", sagte Yujun leise.

„Ich bin noch nicht fertig", sagte Minsoo und suchte nach dem Foto aus dem Jahr 1862. Als er es fand, sah er es sich noch einmal an. Die Ähnlichkeit war nicht von der Hand zu weisen. Wüsste Minsoo es nicht besser, hätte er gesagt, dass diese Person tatsächlich Juhan war.

Als Minsoo Yujun das Foto reichte, stutzte er jedoch. Er sah sich das Bild noch einmal genauer an.

Neben dem Mann, den Minsoo für Juhan hielt, stand jemand, der sein Interesse weckte. Er hatte ein kleines Gesicht, katzengleiche Augen und ein freundliches Lächeln. Sein Arm war über die Schulter von Juhans Vorfahren gelegt und an seiner Hand befand sich ein breiter Ring, der trotz der schlechten Qualität des Fotos Minsoo sehr bekannt vorkam.

Der Mann an Juhans Seite sah dem Fremden von gestern Abend wie aus dem Gesicht geschnitten aus.

„Ich glaube, ich werd' noch verrückt", flüsterte Minsoo und zweifelte nun an seinem eigenen Verstand.

„Wieso? Was hast du gefunden?", fragte Yujun und auch Jackson blickte ihn interessiert an.

„Ihr werdet mich für verrückt halten … Aber das kann doch kein Zufall mehr sein!" Minsoo reichte Yujun das Bild und wartete dessen Reaktion gespannt ab. Sein Kollege sah sich das Bild einige Minuten genauer an, sagte jedoch nichts.

„Bilde ich mir das ein oder ist das Juhan hinter dem Arzt?", fragte Yujun schließlich und sah zu Minsoo auf.

„Und der Mann neben ihm sieht dem Typen von gestern unheimlich ähnlich", stimmte Minsoo zu.

Jackson sprang daraufhin von seinem Stuhl auf und riss Yujun das Papier aus der Hand, um es sich selbst anzusehen.

„Sie sagen also, auf diesem Foto sind Personen, die Sie kennen?", fragte er aufgeregt.

„Ja – ich meine, nein. Sie haben nur eine gewisse Ähnlichkeit mit ihnen", antwortete Minsoo und erklärte Jackson, was er festgestellt hatte.

„Ähnlichkeit am Arsch", kommentierte Yujun. „Das sind definitiv Juhan und der Mann von gestern! Das Bild kann nicht aus 1862 sein. Jackson, Sie müssen da einen Fehler gemacht haben!"

„Oh nein!", sagte Jackson langsam und starrte auf die Gesichter der beiden Männer. „Dieses Foto wurde definitiv im Jahr 1862 geschossen. Das Foto ist an dem Tag entstanden, als das 15. Opfer in München gefunden wurde. Die Männer hinter dem Arzt bilden das Ermittlungsteam der Münchner Polizei."

„Dann haben Juhan und der andere wohl Vorfahren in Deutschland, die ihnen ähnlich sind", sagte Minsoo.

„Nein, nein … ich bin mir sicher …, wenn Sie sagen, dass sie wie aus dem Gesicht geschnitten sind … Damals wussten sie wohl noch nicht, dass Fotografien Jahrhunderte überdauern werden", überlegte Jackson laut und strich mit dem Daumen immer wieder nachdenklich über die Jahreszahl. „Dies ist vielleicht die einzige Fotografie von ihnen …" Jackson blickte wieder auf und sah Minsoo und Yujun ernst an.

„Was ich Ihnen nun erzähle, wird Ihnen unglaublich erscheinen, aber wir haben hier den Beweis, dass es der Wahrheit entspricht", teilte Jackson plötzlich den Hauptkommissaren mit und hielt das Foto hoch.

„Was zum Teufel kann es denn noch geben, was Sie uns noch nicht gesagt haben?", fragte Yujun gereizt.

„Die beiden Männer auf diesem Bild sind tatsächlich Juhan und der Mann, den Sie gestern getroffen haben."

„Das ist nicht möglich!", antwortete Minsoo. „Dann müssten sie ja über 160 Jahre alt sein."

„Das sind sie", antwortete Jackson. „Und vermutlich noch viel älter."

„Und wie soll das bitte gehen?", fragte Yujun und verdrehte dabei die Augen. Er hatte langsam das Gefühl, dass der sogenannte Spezialist eher ein Quacksalber war.

„Sie sind Vampire", sagte Jackson und Stille legte sich über das Büro der Hauptkommissare.

## Kapitel 21

Minsoo ließ den Satz von Jackson einige Zeit noch nachwirken und wartete nur darauf, dass dieser in Lachen ausbrach und sich darüber lustig machte, dass ihm die Hauptkommissare glaubten. Doch nichts von alldem geschah.

Er sah seinen Partner an und glaubte zu wissen, dass sie den gleichen Gedanken hatten. Jackson hatte nicht mehr alle Tassen im Schrank.

„Okay, das wars", sagte Minsoo schließlich und legte eine Hand auf Jacksons Schulter. „Ich denke, wir sollten in dem Fall allein weiter ermitteln."

„Danke, dass Sie sich die Zeit genommen haben, aber die Ermittlungen sollten in den Reihen der Polizei geführt werden", sagte auch Yujun und sie führten Jackson zur Bürotür.

„Nein, so glauben Sie mir doch!", rief Jackson aufgeregt und schüttelte die beiden Hauptkommissare ab. „Sämtliche Leichen waren blutleer und wir können absolut nichts über die beiden Verdächtigen herausfinden. Was glauben Sie denn, woran das liegt?" Jackson starrte in die ungläubigen Gesichter der Polizisten. „Weder Juhan noch Seojun sind irgendwo registriert. Und dieser Mann ist nirgends zu finden. Sie sind auf einem Foto, das mehr als 160 Jahre alt ist. Die einzige Erklärung dafür ist, dass sie es mit Vampiren zu tun haben, die sich in Ihrer Stadt breit gemacht haben!"

„Nehmen wir mal an, dass wir es mit Vampiren zu tun haben", begann Minsoo. Yujun setzte an, ihn zu unterbrechen, doch er wurde lauter, sodass er ungehindert fortfahren konnte. „Wieso sind die Leichen völlig unversehrt? Müssten sie nicht Bisswunden am Nacken oder sonst irgendwo aufweisen, wenn ihnen Blut ausgesaugt wurde?"

„Nein, ganz und gar nicht!", beeilte sich Jackson zu erklären. „Vampire sind nicht so, wie Sie es aus Film und Fernsehen kennen!"

„Ja? Wie sind sie denn dann?", fragte Yujun und spielte Minsoos Spiel mit.

„Vampire hinterlassen keine Spuren, wenn sie Menschen angreifen. Die Wunden verheilen blitzschnell. Auf diese Weise werden keine Beweise hinterlassen, dass sie einen Menschen gebissen haben."

„Hören Sie sich eigentlich selbst zu?", fragte Minsoo den Spezialisten. „Es gibt keine Vampire!"

„Und doch gibt es unzählige Erzählungen von Vampiren in der Geschichte der Menschheit", hielt Jackson dagegen, doch Minsoo und Yujun wollten von all dem nichts mehr hören. Mit geübter Gewalt beförderten sie Jackson aus ihrem Büro und führten ihn zum Ausgang des Reviers.

„Ich möchte davon nichts mehr hören", sagte Minsoo zu ihm. Er bemerkte Junwoo, der hinter seinem Schreibtisch aufstand und die drei mit Argusaugen beobachtete. „Junwoo, dieser Mann wird von den Ermittlungen ausgeschlossen. Stelle sicher, dass er uns nicht wieder stört und keine unsinnigen Geschichten erzählt!" Ein letzter Schubser ließ Jackson durch die geöffneten Türen stolpern und die beiden Hauptkommissare wandten sich von ihm ab.

„Sie werden mich noch brauchen!", rief Jackson ihnen hinterher. „Warten Sie nur ab! Bald werden Sie merken, dass ich keinen Unsinn erzähle und meine Hilfe benötigen werden!"

„Wir kontaktieren Sie, sollte es jemals dazu kommen", rief Yujun lachend zurück und verschwand mit seinem Partner wieder im Büro.

„Was für ein Quacksalber!", sagte Minsoo kopfschüttelnd und ließ sich auf seinem Stuhl nieder.

„So eine Zeitverschwendung!", stimmte Yujun ihm zu. „Als ob wir ihm diesen Unsinn abkaufen würden."

An diesem Abend ging Minsoo allein in den Club. Yujun blieb im Polizeirevier zurück, um von dort die Suche nach Juhan und Seojun zu koordinieren. Mehrere Polizisten waren in verschiedenen Clubs der Stadt undercover unterwegs, da es schien, als würden sie die beiden nur dort antreffen. Minsoo plante an diesem Abend, drei Clubs und Bars aufzusuchen und stand in ständigem Kontakt mit seinem Partner im Revier. Er stellte sich auf einen langen Abend ein, doch bereits in der ersten Bar hatte er gefunden, wonach er gesucht hatte.

Es war derselbe Club, in dem er am Abend zuvor mit Yujun gewesen war. Minsoo hatte nicht erwartet, Juhan hier zu finden. Denn wenn er sich in der gestrigen Nacht nicht getäuscht hatte, hatte Juhan ihn auch gesehen. Und er wusste darüber Bescheid, dass er in einem Serienmord ermittelte. Es wäre also sehr dumm von ihm, heute Abend erneut hier aufzutauchen.

Trotz allem saß Juhan auf einem Hocker an der Bar und beobachtete die Menge. Als seine Augen die von Minsoo trafen, lächelte er ihm zu, als würde er sich freuen, den Polizisten hier zu sehen.

Minsoo wusste nicht, was er davon halten sollte. Es müsste Juhan doch bewusst sein, dass er ihn verdächtigte, doch Juhans Körperhaltung ließ nichts davon erahnen.

Daher beschloss Minsoo, Juhan vorerst nicht wissen zu lassen, dass er unter Verdacht stand und er auf der Suche nach ihm war, um ihn zu verhaften. Er wollte herausfinden, was in seinem Kopf vor sich ging. Minsoo erwiderte daher das Lächeln, ging zu ihm und setzte sich auf einen freien Platz neben Juhan.

„Ich wusste doch, dass ich dich heute hier treffen würde", begann Juhan das Gespräch.

„Ach ja? Woher denn?", fragte Minsoo.

„Ich habe dich bisher immer in jenem Club angetroffen, in dessen Nähe ein Opfer gefunden wurde", erklärte Juhan. „Hast du die Vermutung, dass du den Mörder hier noch einmal begegnen wirst?"

Minsoo nickte auf diese Frage nur. Er hatte nicht nur die Vermutung, sondern war sich sicher, dass er den Mörder gefunden hatte.

„Bedeutet das, dass du auf mich gewartet hast?", fragte Minsoo nun und Juhan schenkte ihm erneut ein Lächeln, das seine Halbmondaugen hervorbrachte. „Wo hast du denn die anderen gelassen?", fragte er weiter, da sein Gegenüber allein zu sein schien.

„Sie wollten heute nicht mitkommen", antwortete er ihm.

„Waren sie dann gestern mit dir hier?", fragte Minsoo und Juhan sah ihn verwirrt an. „Ich habe dich gesehen."

„Oh!", sagte Juhan erstaunt und runzelte die Stirn. „Nein, gestern war ich auch allein unterwegs."

Minsoo versuchte, einen der Barkeeper auf sich aufmerksam zu machen, doch er scheiterte vergeblich. Dann hob Juhan seine Hand und winkte einen zu ihnen her. Erschrocken stellte Minsoo fest, dass sich an Juhans Zeigefinger plötzlich ein Ring befand. Dieser sah jenem verdammt ähnlich, der noch vor ein paar Tagen in der Box mit den Beweismitteln lag.

Minsoo atmete erschrocken aus und Juhan wandte sich ihm zu. „Ist alles in Ordnung?", fragte er besorgt.

„Ja, alles bestens", erwiderte Minsoo durch zusammengepresste Zähne. „Mir ist nur leicht übel."

„Ich hoffe doch, dass du dich nicht mit deiner Arbeit übernimmst." Juhan lehnte sich besorgt Minsoo entgegen und legte seine Hand gegen dessen Stirn, um seine Temperatur zu fühlen. Minsoo schlug Juhans Hand energisch weg, angeekelt davon, von einem Serienmörder angefasst zu werden.

Juhan war überrascht von dieser Handlung, sodass er seine Hand wieder zurückzog. Er runzelte die Stirn und sah Minsoo abschätzend an.

„Tut mir leid!", sagte Minsoo schließlich und stand auf. „Ich glaube, ich gehe besser nach Hause."

„Ich begleite dich." Juhan stand ebenfalls auf.

„Nein, danke, das musst du nicht", sagte Minsoo schnell. „Bleib ruhig noch hier und genieße den Abend." Minsoo wurde schlecht, als er das sagte. Juhans Vorstellung von einem schönen Abend deckte sich sehr wahrscheinlich nicht mit seinen eigenen Vorstellungen.

Bevor Juhan noch etwas sagen konnte, verschwand Minsoo in der Menge und drängelte sich zur Tür hinaus. Er nahm die frische Abendluft für einige Minuten in sich auf, bevor er sein Handy herausholte. Er suchte nach Yujuns Kontakt, um ihm mitzuteilen, dass er Juhan gefunden hatte.

Bevor er ihn jedoch anrufen konnte, spürte er plötzlich, wie unsicher er auf den Beinen wurde. Minsoo hatte das Gefühl, als würde die Welt um ihn herum schwanken. Verwirrt sah er sich um, doch er konnte keine Ursache dafür finden. Das Gefühl wurde immer stärker und Minsoo wusste, dass er sich festhalten musste, um nicht umzufallen. Ein paar Meter entfernt befand sich eine Straßenlaterne, auf die er nun zusteuerte. Kurz bevor Minsoo sie jedoch erreichen konnte, gaben seine Beine nach und er sah den Boden näherkommen.

Zu seiner Überraschung machte er keine Bekanntschaft mit dem Boden. Bevor er auf den harten Asphalt aufschlug, wurde er auf einmal von jemandem aufgefangen.

„Vorsicht!", sagte diese Person zu ihm und stützte ihn. Minsoo hielt sich an dem Mann fest.

„W-was ist los mit mir?", fragte er den Mann und bemerkte selbst, dass er kaum ein verständliches Wort hervorbrachte.

„Ich glaube, du hast einen über den Durst getrunken", antwortete die Person neben ihm. „Komm, ich helfe dir!" Der Mann führte Minsoo an der Bar vorbei, der sich nicht dagegen wehren konnte.

Der Hauptkommissar war völlig klar im Kopf. Er hatte in dieser Bar keinen einzigen Tropfen Flüssigkeit zu sich genommen und konnte daher nicht betrunken sein. Und doch drehte sich die Welt um ihn herum, als hätte er mehrere Flaschen Soju intus. Wie war das nur möglich?

Minsoo konnte nichts dagegen tun, als ihn der Fremde in eine Seitengasse lotste, weg von sämtlichen Leuten.

## Kapitel 22

Der Mann führte Minsoo einige Meter in eine Gasse, die nicht gut beleuchtet war. Der Polizist bemerkte, dass es um ihn herum immer dunkler wurde. Das Gefühl von Trunkenheit nahm weiter zu und Minsoo sackte immer wieder in sich zusammen. Ohne die Hilfe des Mannes wäre Minsoo schon mehrere Male gestürzt.

„Ich muss ins Krankenhaus", versuchte er dem Fremden mitzuteilen, doch kein einziges verständliches Wort verließ seinen Mund. Plötzlich verschwamm sein Blickfeld und Angst machte sich in Minsoo breit. „Hilf mir!", bat er die Person neben ihm, doch wieder konnte er seine eigenen Worte nicht verstehen. Was war bloß los mit ihm?

„Hier sind wir nun!", sagte der Mann schließlich und blieb stehen. „Es ist gleich vorbei. Lehn dich hier an!" Minsoo spürte eine harte Mauer in seinem Rücken.

So etwas hatte er noch nie erlebt. Er konnte seinen eigenen Körper nicht mehr steuern und hatte keine Ahnung, was der Mann mit ihm vorhatte, der ihn in die dunkle Gasse geführt hatte. Minsoo erinnerte sich, dass Kim Seyoon auf dem Überwachungsvideo ebenfalls von jetzt auf gleich Anzeichen von Trunkenheit zeigte, obwohl sie keinen Alkohol zu sich genommen hatte.

Der fremde Mann packte ihn an den Schultern und drückte ihn gegen die Wand, sodass er keine Möglichkeit hatte zu fliehen. In diesem Moment dämmerte es Minsoo, dass er sich in großer Gefahr befand.

„Wer bist du?", wollte er wissen, doch der Mann verstand ihn anscheinend nicht und achtete auch nicht auf seine lallenden Worte. Minsoo versuchte das Gesicht des Mannes auszumachen, doch sein Blick war viel zu verschwommen.

Das Einzige, was er erkennen konnte, waren die gefährlich rot glühenden Augen seines Gegenübers.

Der fremde Mann entschied, seine Absicht nicht weiter in die Länge zu ziehen und biss Minsoo schmerzhaft in den Hals.

Minsoo versuchte zu schreien, doch der Mann erstickte seinen Schrei, indem er seinen Mund mit einer Hand zuhielt. Minsoo spürte, wie ihm das Blut aus den Adern gesogen wurde und versuchte, sich so gut es ging gegen den Angreifer zu wehren. Seine Arme gehorchten ihm jedoch nicht und alles, was er tun konnte, war, sich im Griff des Fremden zu winden. Hinter der Hand, die fest seinen Mund zuhielt, wimmerte er jämmerlich.

Minsoos Augen füllten sich mit Tränen, die ihm über das Gesicht liefen, so schmerzhaft war der Angriff des Vampirs.

Als der Mann nicht von ihm abließ, bemerkte er, dass zu seinem Schwindel auch eine Benommenheit hinzukam. Minsoo fühlte immer mehr, wie sein Blut seinen Körper verließ und sein Herz nun angestrengt versuchte, Blut in seinen Adern zu verteilen. Doch je mehr sich sein Herz abkämpfte, umso benommener wurde er.

Der Polizist wagte einen letzten Versuch, den fremden Mann von sich zu stoßen. Obwohl sein Schwindel nachgelassen hatte, fehlte ihm die Kraft, um gegen den Vampir anzukommen. Verzweifelt biss Minsoo in die Hand über seinem Mund, doch der Vampir störte sich nicht daran.

Ein letztes Wimmern kam aus seiner Kehle, obwohl er wusste, dass es sinnlos war. Nun würde er hier sterben und sein Partner ihn am nächsten Morgen als fünftes Opfer vorfinden.

Bevor es Minsoo vollständig schwarz vor Augen wurde, ließ der Angreifer ihn plötzlich los. Viel zu schwach, um sich selbst auf den Beinen zu halten, sackte er in sich zusammen und prallte mit dem Gesäß hart auf dem Boden auf. In unmittelbarer Nähe hörte er laute Stimmen und seltsame Geräusche, doch Minsoo war viel zu schwach, um seinen Kopf zu heben und nachzusehen, was hier vor sich ging.

Plötzlich griff jemand nach seinen Schultern und verhalf ihm in eine bequemere Sitzposition. Hände griffen nach seinem Gesicht und richteten seinen Kopf auf.

Mit allerletzter Kraft, die Minsoo aufbringen konnte, blickte er in das Gesicht des Mannes, der seinen Kopf hielt. Die Erkenntnis traf ihn wie einen Schlag in den Magen, bevor ihm seine Augen wieder zufielen.

Er konnte noch spüren, dass Juhan versuchte, ihn wachzurütteln. Gleich danach überkam ihn vollends die Dunkelheit und Minsoo wurde bewusstlos.

## Kapitel 23

Juhan war über Minsoos Verhalten verwundert und blickte ihm verunsichert hinterher, als dieser durch die Menge verschwand. Er hatte gehofft, ihm ein paar Details über den Serienmörder entlocken zu können, damit er seiner Familie seine eigene Unschuld beweisen konnte. Aber Minsoo war heute wohl nicht in der Stimmung, sich mit ihm länger zu unterhalten.

Nachdem der Polizist gegangen war, gab es auch für Juhan keinen Grund mehr, allein in diesem Club zu bleiben. Er trank sein Glas Wein aus und verließ ebenfalls das Gebäude. Er blickte sich um, konnte Minsoo allerdings nicht mehr sehen. Vermutlich hatte dieser ein Taxi gerufen, dachte Juhan und setzte an, um nach Hause zu gehen. Plötzlich trat er gegen einen Gegenstand, der auf dem Boden lag. Als Juhan sich danach bückte, stellte er fest, dass es ein Handy war. Er sah sich um, doch niemand vor dem Club schien danach zu suchen.

Das Handy war noch nicht gesperrt. Juhan erkannte, dass der Eigentümer des Handys versucht hatte, jemanden anzurufen. Der Name des Kontaktes, der auf dem Display aufschien, war Moon Yujun.

Das musste Minsoos Handy sein!

Juhan sah sich nochmals genauer nach dem Polizisten um, doch er konnte ihn nicht entdecken. Er fand es durchaus beunruhigend, dass Minsoos entsperrtes Handy vor dem Club auf dem Boden lag.

Nun konzentrierte sich Juhan intensiver darauf und blendete die Musik aus, die aus den offenen Türen des Clubs nach draußen drang. Er lauschte auch an den Gesprächen vorbei, die um ihn herum geführt wurden, und suchte nach anderen Geräuschen.

Und dann hörte er es. Juhan wurde bleich im Gesicht. Ein ersticktes Wimmern drang auf einmal an seine Ohren. Ohne sich Gedanken darüber zu machen, dass er eigentlich in einer Menge von Menschen stand, setzte er seine Vampirkräfte ein und eilte so schnell er konnte dem Wimmern entgegen. Für die umstehenden Menschen sah es so aus, als hätte sich Juhan in Luft aufgelöst. In Wirklichkeit bewegte er sich jedoch so schnell, dass ihn das menschliche Auge gar nicht wahrnehmen konnte.

Innerhalb des Bruchteils einer Sekunde erreichte Juhan die Seitengasse und was er zu sehen bekam, ließ seinen Atem stocken.

Minsoo wurde vor seinen Augen gegen eine Wand gepresst. Über ihm stand jemand, der mit den Fangzähnen tief in dessen Hals versunken war.

Juhan dachte nicht lange darüber nach, was er tun sollte. Mit all seiner Kraft riss er den Vampir von Minsoo weg. Dieser flog durch die Luft, ein paar Meter die Gasse entlang, und landete schließlich unversehrt auf allen Vieren. Er drehte sich um und blickte Juhan verärgert aus blutroten Augen an.

„Such dir dein Essen woanders!", knurrte Juhan dem Vampir entgegen. „Dieser Mann hier ist tabu!"

Als der Vampir sich aufrichtete, ließ das Leuchten seiner Augen nach. Stattdessen sah Juhan in der Dunkelheit, dass sich ein Lächeln auf dessen Lippen bildete.

„Ich habe nicht erwartet, dass du dich mit Menschen anfreunden würdest", sagte der Vampir zu ihm und ließ ein freudloses Lachen von sich. „Interessant", sagte er schließlich, bevor er in die Nacht hinein verschwand.

Juhan wartete noch einen Moment, da er sich nicht sicher war, ob der Vampir ihn von einer anderen Seite attackieren würde. Doch ein Stöhnen hinter ihm ließ ihn zusammenschrecken.

Er kniete sich vor Minsoo auf den Boden nieder und besah ihn sich genauer. Der Polizist hatte viel zu viel Blut verloren und aus der Wunde an seinem Hals trat noch immer welches heraus. Juhan presste seine Hand darauf, hoffend, dass sie bald verheilen würde. Er unterdrückte seinen eigenen Drang, sich an dem Polizisten zu laben, spürte jedoch, wie seine Fangzähne durchbrachen.

„Minsoo", sagte Juhan mit sanfter Stimme zu ihm und versuchte, ihn zu Bewusstsein zu bringen, doch er rührte sich nicht. Juhan bekam es mit der Angst zu tun. Ist er vielleicht zu spät gekommen?

Er konzentrierte sich und lauschte nach Minsoos Herzschlag. Ganz langsam und schwach pochte es in dessen Brust. Das Herz unternahm einen letzten verzweifelten Versuch, Blut durch seinen Körper zu pumpen.

Juhan griff nach Minsoos Gesicht und richtete seinen Kopf hoch, sodass er ihm in die Augen sehen konnte. Für einen Moment flackerten sie auf, doch dann schlossen sie sich wieder und Minsoo verlor erneut das Bewusstsein.

Juhan handelte schnell, da er wusste, dass ihm nicht viel Zeit blieb. Er biss sich selbst ins Handgelenk und legte dieses über Minsoos Mund.

„Bitte trink!", flehte er den Polizisten mehrmals an und atmete schließlich erleichtert auf, als er Minsoo schlucken sah. Bevor er wieder seine Hand zurückzog, ließ Juhan ihn noch einige Schlucke seines Blutes nehmen. Die Wunde an Minsoos Hals war nun vollkommen verheilt.

Vorsichtig hob Juhan den Polizisten mit beiden Armen vom Boden hoch und versuchte noch einmal, den Bewusstlosen zu wecken. Doch Minsoo öffnete seine Augen nicht mehr.

Juhan spürte neben seiner eigenen Brust, wie Minsoos Herzschlag wieder schneller wurde und einen normalen

Rhythmus annahm. Er lehnte dessen Kopf gegen seine Schulter und verstärkte seinen Griff um dessen Rücken und Beine. Dann ging Juhan in die Knie und stieß sich kraftvoll vom Boden ab. Mit einem Satz sprang er mit Minsoo in den Armen auf das nächstgelegene Dach.

Juhan eilte über den Dächern von Seoul zu dessen Wohnung und legte ihn auf seinem Bett ab.

Mit einer sanften Berührung strich er eine Haarsträhne aus Minsoos Gesicht.

Erleichtert darüber, dass er den Polizisten noch rechtzeitig hatte retten können, beobachtete er diesen noch ein paar Minuten. Juhan stellte erleichtert fest, dass Minsoos Gesicht wieder Farbe annahm und auch sein Körper wärmer wurde. Die heilenden Fähigkeiten seines Blutes zeigten Wirkung. Minsoo würde sich vollständig von dem Übergriff erholen.

## Kapitel 24

Bevor er Minsoos Wohnung verließ, vergewisserte sich Juhan, ob es ihm so weit gut ging und dass er nicht mehr in Lebensgefahr schwebte. Danach eilte er zurück zum Apartment, um seiner Familie von dem Vampir zu erzählen.

Als er durch die Tür trat und Kimoon auf dem Sofa erblickte, kam es jedoch anders als gedacht.

„Bist du noch ganz bei Trost?", fragte Kimoon verärgert und sah seinen Bruder ungläubig an. „Glaubst du etwa, du kannst hier einfach so hereinspazieren, nachdem du jemanden umgebracht hast?"

„Ich habe niemanden getötet!", antwortete Juhan entsetzt. „Ich habe soeben –"

„Verarschen kannst du jemand anderen!", unterbrach ihn Kimoon aufgebracht. „Sieh dich doch mal an! Wenn du mir weismachen willst, dass das Blut an deiner Kleidung davon kommt, dass du dich nur an jemanden gelabt hast, dann spar dir den Atem!"

Juhan blickte zum ersten Mal an sich hinunter. Sein weißes Hemd war tatsächlich in Blut getränkt. Plötzlich nahm er den strengen Geruch nach menschlichem, nach Minsoos Blut, wahr, der an ihm haftete. Auch an seiner Hand klebte es noch. Er gab Kimoon recht, dass das verdächtig aussah.

„Jetzt hör mir doch mal zu!", verlangte Juhan vom Jüngeren. „Ich habe Minsoo nicht angegriffen, ich habe ihn gerettet!"

„Als ob ich dir das glauben würde!", spie Kimoon ihm entgegen und stand vom Sofa auf. „Ich sehe mir das nicht länger mit an!" Damit verließ Kimoon das Apartment und ließ Juhan allein zurück.

Niemand sonst befand sich darin. Keine Geräusche drangen aus den Zimmern seiner Brüder. Sie verbrachten wohl alle die Nacht draußen.

Erschöpft setzte sich Juhan auf das Sofa und fuhr sich verzweifelt durch die Haare. Wenn ihm seine Familie nicht glaubte, dass er soeben dem Vampir begegnet war, wusste er nicht, was er sonst noch tun sollte. Sie würden ihm erst wieder glauben, wenn sie selbst sahen, dass außer ihnen ein weiterer Vampir in Seoul lebte.

Doch Juhan hatte ihn entkommen lassen. In dieser Situation hätte er aber auch nichts anderes tun können. Wenn er dem Vampir gefolgt wäre, wäre Minsoo gestorben. Da war er sich sicher. Doch das hätte er nicht verantworten können.

Auf dem Couchtisch stand Kimoons Schatulle. Jemand musste den Tisch ausgetauscht haben, da keine Spur mehr davon zu sehen war, dass Juhan ihn vor ein paar Tagen beschädigt hatte. Juhan öffnete die Schatulle und spielte nachdenklich mit den roten Kugeln, die er durch die Luft schweben ließ. Währenddessen versuchte er, seine Gedanken zu sortieren.

Bei der Begegnung mit dem Vampir hatte er das Gefühl, dass er ihn bereits kannte. Doch Juhan war sich dabei nicht sicher.

In den vergangenen Jahrhunderten war er bislang vielen Vampiren begegnet. Manche waren ihm freundlich gesinnt, andere wiederum nicht.

Juhan war sich noch nicht einmal sicher, ob dieser Vampir persönlich etwas gegen ihn hatte. Konnte er aus diesem kurzen Wortwechsel irgendetwas schlussfolgern?

Ein Geräusch schreckte ihn aus seinen Gedanken. Er blickte auf und sah, dass Kimoon die Tür zum Apartment nicht vollständig geschlossen hatte. Durch den Spalt erblickte er plötzlich Augen, die ihn erschrocken anstarrten.

Juhan ließ die roten Kugeln fallen, machte einen Satz und stand plötzlich bei der Tür. Die Person auf der anderen Seite stolperte zurück und fiel zu Boden.

Langsam öffnete Juhan die Wohnungstür und erkannte sogleich den Mann auf dem Boden. Dieser zischte schmerzhaft auf und besah sich seine Handfläche, die von einem Stein auf dem Boden aufgerissen war.

Juhan spürte, wie seine Fangzähne hervortraten, als er das frische Blut sah, und ging einen weiteren Schritt auf den Mann zu.

## Kapitel 25

Hoon war starr vor Angst, als er den lüsternen Blick in Juhans Augen vernahm. Zu allem Übel kam noch hinzu, dass der rote Fleck auf Juhans Hemd eine beunruhigende Ähnlichkeit mit Blut hatte.

Der Riss auf Hoons Handfläche pochte schmerzhaft, doch er war vor Angst wie gelähmt und konnte sich nicht bewegen.

Was er soeben beobachtet hatte, ließ ihn erschaudern. War es möglich, dass Juhan übernatürliche Kräfte besaß? Die roten Kugeln schwebten schwerelos um seinen Kopf herum. Eben hatte es so ausgesehen, als hätte Juhan sich hinter die Tür teleportiert. Wie war das alles möglich? Hoon traute seinen eigenen Augen nicht.

Juhan beugte sich zu ihm hinunter und griff nach seiner blutenden Hand. Langsam fuhr er mit seinen Fingern über die offene Wunde und benetzte sie mit dem warmen Blut. Hoon konnte nur zusehen, wie Juhan das Blut wie in Trance betrachtete, dann langsam die Finger hob und die rote Flüssigkeit genüsslich ableckte.

Nur einen Moment später leuchteten Juhans Augen blutrot auf.

Zitternd wartete Hoon darauf, dass der Mann, dessen Hemd bereits in Blut getränkt war, ihm etwas antat, doch Juhan wandte sich wortlos um und ging durch den Flur zur Treppe nach oben. Einige Momente später hörte Hoon, dass im Erdgeschoss die Tür ins Schloss fiel.

Er rührte sich nicht vom Fleck. In dem Moment war er viel zu ängstlich und hoffte, dass Juhan nicht zurückkommen würde.

Erst nach einer langen Weile rappelte sich Hoon auf und schleppte sich zum Fuß der Treppe. Er ließ sich darauf nieder und lehnte sich an die Wand. Ungläubig blickte Hoon auf das

Blut, das sich in seiner Hand gesammelt hatte, und dachte darüber nach, was er soeben beobachtet hatte.

Er ist eigentlich nur in den Keller des Wohngebäudes gegangen, um aus seinem Kellerabteil ein Verlängerungskabel zu holen.

Eine Tür, an der Hoon öfters vorbeiging und die zuvor noch nie offenstand, war einen Spalt geöffnet gewesen, deshalb hat er neugierig durch den Schlitz gelinst. Er hätte jedoch nie daran gedacht, dass er eine solche Begebenheit beobachten würde.

Erschrocken fuhr Hoon zusammen, als Kimoon plötzlich wie aus dem Nichts vor ihm erschien.

„Hat Juhan dir das etwa angetan?", fragte Kimoon wütend und beugte sich zu ihm hinunter. Hoon war in jenem Moment wie versteinert, um darauf antworten zu können, weshalb er nur nickte.

Kimoon griff nach Hoons Hand und sah sich den Schnitt genauer an. Auch seine Augen begannen rot zu leuchten, als er das Blut sah. Er legte seine andere Hand über die Wunde und Hoon spürte, wie das Blut auf einmal verkrustete.

Als Kimoon seine Hand zurückzog, befand sich eine kleine rote Kugel auf seiner Handfläche. Sie sah jenen, die Juhan hatte schweben lassen, zum Verwechseln ähnlich. Auf seiner Hand war kein Tropfen Blut mehr zu sehen.

„Ich nehme das als Dankeschön dafür, dass ich die Wunde geschlossen habe", sagte Kimoon mit einem Lächeln. Er nahm die rote Kugel und steckte sie sich in den Mund. Genüsslich schloss er für einen kurzen Moment seine Augen und als er sie wieder öffnete, strahlten sie blutrot, und zwar genau so, wie Hoon das vorhin auch bei Juhan beobachtet hatte.

„Ich sorge dafür, dass Juhan niemandem mehr etwas antun wird", sagte Kimoon zu ihm und stand auf. „Er wird nie wieder jemanden verletzen", versprach er und verschwand genauso plötzlich, wie er aufgetaucht war.

Hoon beschloss, dass er so schnell wie möglich diesen Ort verlassen musste und rappelte sich auf. Er befahl seinen tauben Beinen, sich zu bewegen und erklomm mit aller Anstrengung, die er aufbringen konnte, die Treppe.

So schnell ihn seine Beine tragen konnten, eilte er aus dem Keller des Gebäudes ins Erdgeschoss und steuerte auf die Haustür zu. Auf der Straße sah er sich verzweifelt nach einem Taxi um. Als er eines anhalten konnte, wies er den Fahrer an, sofort loszufahren.

Hoon war verwirrt und wusste nicht so recht, was er soeben beobachtet hatte, doch er musste jemandem davon erzählen. Und er wusste auch schon genau wem. Er gab dem Taxifahrer die Adresse und ersuchte ihn, sich zu beeilen.

Auf dem Weg durch die Straßen von Seoul blickte Hoon aus dem Fenster. Gedankenverloren strich er immer wieder sanft über seine Wunde an der Hand. Das Blut war vollständig verkrustet und ließ sich nicht wegkratzen. Hoon hatte bis dahin noch nie gesehen und erlebt, dass getrocknetes Blut so hart werden konnte.

## Kapitel 26

An seinem Ziel angekommen, drückte Hoon energisch auf die Klingel. Gleichzeitig hielt er sein Handy gegen sein Ohr in der Hoffnung, den Bewohner ansonsten durch einen Anruf aufwecken zu können. Es war noch mitten in der Nacht. Bis er eine schwache Stimme am anderen Ende der Leitung hörte, vergingen einige Minuten.

„Lass mich sofort rein!", rief Hoon in sein Mobiltelefon und legte auf. Er missbrauchte weiterhin die Klingel, bis ihm ein lautes Brummen Einlass gewährte.

Hoon eilte die Treppe zur Wohnung seines Freundes hinauf und erreichte diese in dem Moment, als die Tür geöffnet wurde.

„Was ist denn los?", fragte Minsoo noch immer mit schwacher Stimme und ließ seinen Freund in die Wohnung. Hoon schloss sofort die Tür hinter sich und atmete zum ersten Mal tief durch.

Minsoo bemerkte, dass sein Freund außer sich vor Angst war und versuchte vergeblich, ihn zu beruhigen. Hoon ging geradewegs in Minsoos Wohnzimmer und ließ sich auf dem Sofa nieder. Er stützte seine Arme auf seinen Beinen ab und hielt sein Gesicht hinter seinen Händen versteckt.

Minsoo war besorgt über den Zustand seines Freundes und holte ihm ein Glas Wasser aus der Küche. Er stellte es auf dem Wohnzimmertisch ab und setzte sich neben ihn. Er legte eine Hand auf Hoons Rücken und ermutigte ihn, sich zu beruhigen.

„Was ist denn passiert?", fragte Minsoo argwöhnisch.

„Du wirst mir das nicht glauben", sagte Hoon aufgebracht und nahm einen Schluck Wasser. Dann entschied er sich jedoch im letzten Moment dagegen, etwas zu erzählen. „Hast du Soju da?"

„Natürlich", antwortete Minsoo und stand erneut auf. Er holte eine Flasche Soju und zwei Gläser, die er vor Hoon auf den Tisch stellte. Dieser griff sofort danach und füllte sein Glas bis zum Rand ein. Dann leerte er es in einem Schwung und schenkte sich sofort nach. Auch dieses Glas leerte er, ohne zu zögern. Als er sich ein drittes Mal einschenkte, griff Minsoo ein.

„Jetzt erzähl mir erst einmal, was passiert ist!", forderte er seinen Freund auf und stellte die Flasche außer Reichweite.

Hoon zögerte. Er wusste nicht, wie er beginnen sollte.

„Wie gut kennst du Juhan?", fragte Hoon einen Moment später. Minsoo zögerte.

Bevor Hoon ihn aus seinem Schlaf riss, hatte er einen äußerst beunruhigenden Traum gehabt. Er hatte geträumt, dass Juhan ein Vampir war und ihn angegriffen hatte. In seinem Traum sog Juhan ihm sämtliches Blut aus den Adern und brachte ihn um.

„Wieso fragst du?", stellte Minsoo als Gegenfrage. Hoon wusste nicht, dass die Polizei Juhan und seine Familie verdächtigte, für die Serienmorde verantwortlich zu sein.

„Ich habe soeben gesehen …", begann Hoon und brach wieder ab. „Aber du wirst mir das sicher nicht glauben", ergänzte er leise.

„Nun erzähl doch einfach!", sagte Minsoo besorgt. „Ob ich dir glaube oder nicht, siehst du, wenn du fertig erzählt hast."

„Juhan …", Hoon zögerte. Dann schloss er die Augen, da er die Reaktion von Minsoo nicht sehen wollte. „Juhan hat übernatürliche Fähigkeiten."

Minsoo antwortete erstmal nicht darauf. Hoon öffnete seine Augen einen Spaltbreit, um seinen Freund anzusehen.

„Wie meinst du das?", fragte Minsoo endlich.

„Er kann Telekinese und sich teleportieren", erklärte Hoon und erzählte nun, was ihm soeben im Keller seines Wohngebäudes widerfahren ist. Er erzählte auch von Kimoon und zeigte Minsoo seine Hand.

Er hörte ihm schweigend zu und sah sich die Wunde an Hoons Hand genauer an. Auch nachdem sein Freund mit seiner Erzählung geendet hatte, schwieg Minsoo und dachte im Stillen nach.

Vorsichtig fuhr er sich über den Hals und ertastete eine empfindliche Stelle. Es war genau die Stelle, an der Juhan seine Fangzähne durch seine Haut gestoßen hatte – in seinem Traum.

In diesem Moment betrachtete Hoon ihn näher und sog erschrocken die Luft ein. Er riss Minsoos Hand von seinem Hals weg und besah sich dessen schwarzes Shirt genauer.

„Was zum Teufel ist mit dir passiert?", fragte Hoon entsetzt.

Minsoo sah an sich herab und erkannte einen riesigen dunklen Fleck auf seinem Shirt. Die Flüssigkeit war zwischenzeitlich getrocknet. Als Minsoo daran kratzte, erkannte er, dass es Blut war. Sein eigenes.

Minsoo wurde plötzlich kreidebleich im Gesicht. Er griff nun selbst nach der Flasche Soju, die auf der Kommode hinter ihm stand, und schenkte sich ein Glas ein. Mit einem Satz leerte er es und schluckte die bittere Flüssigkeit.

Minsoo erinnerte sich an Jacksons Worte:

*Sämtliche Leichen waren blutleer und wir können absolut nichts über die beiden Verdächtigen herausfinden. Was glauben Sie denn, woran das liegt?*

Er kippte ein weiteres Glas Soju in seinen Rachen.

*Vampire hinterlassen keine Spuren, wenn sie Menschen angreifen. Die Wunden verheilen schnell und hinterlassen keine Beweise, die darauf schließen könnten, dass sie einen Menschen gebissen haben.*

Konnte es sein, dass Jackson recht hatte? War es tatsächlich möglich, dass Juhan und seine Familie Vampire waren?

„Bist du dir sicher mit dem, was du gesehen hast?", fragte Minsoo seinen Freund, der nickte.

Da griff Minsoo nach seinem Handy. Neben Hoons verpassten Anrufen hatte er noch fünf weitere im Verzeichnis, die von Yujun stammten.

Minsoo überlegte nicht lange und rief ihn an.

„Endlich meldest du dich!", rief sein Kollege so laut, dass sogar Hoon ihn hörte. Minsoo konnte die Erleichterung seines Partners von der Ferne aus spüren. „Wo bist du gewesen? Warum bist du nicht rangegangen?"

„Bist du noch auf dem Revier?", fragte Minsoo stattdessen und Yujun bejahte.

„Ruf alle Polizisten zurück! Sie werden heute Nacht niemanden mehr finden", sagte Minsoo zu ihm und stand auf. Hoon erhob sich ebenfalls und beobachtete seinen Freund verwundert, als dieser seine Jacke nahm und nach seinen Schlüsseln suchte.

„Juhan hatte sein Opfer für heute Abend schon gefunden", sagte Minsoo. Er sah Hoon an. „Ich war das Opfer."

Hoon war äußerst verwirrt und überrascht über diese Aussage. Schließlich war er derjenige, der von Juhan angegriffen wurde.

„Minsoo, komm sofort zum Revier!", sagte Yujun besorgt ins Telefon und legte auf.

„Komm mit, wir müssen Yujun erzählen, was heute passiert ist", sagte Minsoo. Als er endlich seine Schlüssel fand, verließen sie gemeinsam die Wohnung.

„Wieso hast du Yujun gegenüber erwähnt, dass du das nächste Opfer bist?", fragte Hoon, als sie in Minsoos Auto saßen.

„Das wirst du auf dem Revier erfahren", sagte Minsoo mit zusammengezogenen Augenbrauen. In dem Moment, als er festgestellt hatte, dass der Angriff von Juhan kein Traum gewesen war, kam ihm auch die Erkenntnis, dass er trotz allem nicht tot war.

Dort in der dunklen Gasse war er sich sicher gewesen, dass er nun sterben würde. Und doch fehlte ihm jetzt nichts. Er hatte überlebt.

Minsoo konnte sich das alles nicht erklären.

Doch was er nun wusste, war, dass Jackson doch nicht so falsch gelegen hat, wie er anfangs gedacht hatte. Die Frage, die sich Minsoo im Grunde genommen stellte, war ganz einfach: War Juhan der einzige Vampir in der Stadt oder hatte er es mit einer ganzen Familie von Vampiren zu tun?

Minsoo traf eine Entscheidung: Er würde dringend Hilfe benötigen, um das aufzuklären, und rief daher nichtsdestotrotz Jackson an.

128

## Kapitel 27

Minsoo und Hoon erreichten das Revier im selben Moment, als Jackson erschien.

„Sie haben schneller gemerkt, dass Sie meine Hilfe benötigen, als ich gedacht hatte", sagte Jackson mit einem arroganten Lächeln. Minsoo ignorierte diese Aussage, und so betraten sie zu dritt die Polizeistation.

Yujun wartete bereits im Inneren auf seinen Partner und war überrascht, nicht nur Hoon, sondern auch Jackson in seiner Gesellschaft zu finden.

„Haben wir uns gestern nicht klar genug ausgedrückt?", fragte Yujun den Spezialisten und versperrte ihm den Weg. „Wir wollen Ihre Hilfe nicht!"

„Ich habe ihn gebeten zu kommen", erklärte Minsoo und griff nach Yujuns Arm. Er führte die Männer in sein Büro und wies Hoon an, die Tür zu schließen.

Yujun, Jackson und Hoon sahen ihn erwartungsvoll an.

„Jackson", begann Minsoo ohne selbst etwas zu erklären. „Erzählen Sie mehr über die Vampire!", forderte er ihn auf.

Jackson sah ihn mit einem arroganten Blick an. „Sie haben etwas beobachtet, nicht wahr?", fragte er ihn.

„Ich stelle hier die Fragen", stellte Minsoo klar und stützte sich mit seinen Händen auf seinem Schreibtisch ab. Bedrohlich blickte er Jackson an. „Erzählen Sie uns die Fakten oder Sie fliegen hier gleich wieder hinaus!"

Jacksons Grinsen ließ zwar nicht nach, allerdings kam er Minsoos Aufforderung nach.

„Wie ich Ihnen bereits mitgeteilt habe, habe ich Aufzeichnungen gesammelt, die bis ins Jahr 1832 zurückreichen. Das heißt aber nicht, dass es davor keine Vampire gab. Es bedeutet nur, dass ab diesem Zeitpunkt festgestellt wurde, dass Leichen blutleer waren. Juhan und dieser Mann waren definitiv im Jahr 1862 in München und haben sehr wahrscheinlich etwas mit den 25 Opfern zu tun."

„Dann sind Vampire also unsterblich?", fragte Minsoo weiter.

Yujun war sehr verwirrt über das Verhalten seines Kollegen. Vor wenigen Stunden noch hatte er sich geweigert, dem Spezialisten zu glauben. Es entsprach ihm überhaupt nicht, solche Märchengeschichten für wahr zu nehmen.

„Sie altern nicht", stimmte Jackson zu. „Wie Sie auf dem Foto sehen können, hat sich Juhan seit über 160 Jahren nicht verändert. Um Ihre Frage zu beantworten: Nein, er ist nicht unsterblich."

„Haben Vampire noch andere Fähigkeiten?"

Jackson nickte. „Sie sind schnell und stark. Stärker und schneller, als Sie es sich vorstellen können."

„So schnell, dass sie wie aus dem Nichts auftauchen können?", fragte nun auch Hoon, der den Wortwechsel interessiert verfolgt hatte.

„Oh ja. Für das menschliche Auge ist das nicht wahrnehmbar, so schnell, wie sie sich bewegen", erklärte Jackson. „Aber sie teleportieren sich nicht. Sie sind einfach so schnell, dass wir ihre Bewegungen nicht sehen können."

„Und sie trinken Blut", stellte Minsoo fest. Wieder nickte Jackson.

Schweigen erfüllte den Raum. Minsoo fuhr sich verzweifelt mit den Händen durch die Haare. Er wollte das alles einfach nicht glauben, doch leider ergab es viel zu viel Sinn.

Juhan musste ein Vampir sein. Und er hat heute Nacht versucht, ihn zu töten.

„Kann mir nun endlich jemand von euch erklären, was hier los ist?", fragte Yujun in die Stille und sah verwirrt zwischen den drei Männern hin und her. „Minsoo, du hast mir bei

130

unserem Telefongespräch erzählt, dass du Juhan zum Opfer gefallen bist! Aber dir scheint nichts zu fehlen. Was ist passiert?"

„Juhan hat Sie angegriffen?", fragte Jackson interessiert und Minsoo fuhr geistesabwesend mit seiner Hand über die Stelle an seinem Hals, die noch immer empfindlich auf seine Berührung reagierte.

Schließlich berichtete er, was heute Abend passiert war, auch von dem seltsamen Gefühl der Trunken- und Benommenheit, das er erlebt hatte. Anschließend erzählte auch Hoon von seinen Beobachtungen und zeigte Jackson seine Hand.

„Wie haben Sie den Angriff überlebt?", fragte Jackson neugierig, doch Minsoo wusste es selbst nicht. Er hatte keine Ahnung davon, wie er überhaupt in seine Wohnung gekommen war. Dort war er dann von Hoon aufgeweckt worden.

## Kapitel 28

Die vier Männer standen über dem amateurhaften Plan eines Gebäudes gebeugt, den Hoon gezeichnet hatte. Er zeigte ihnen, in welchem Raum er Juhan beobachtet hatte.

„Ich habe noch nie jemanden aus diesem Raum kommend gesehen", erklärte Hoon, der schon einige Jahre in dem mehrstöckigen Haus lebte. „Die Tür war immer verschlossen und auch mein Vermieter hat nie erwähnt, dass sich dahinter eine Wohnung befindet. Ich dachte die ganze Zeit, das sei der Technikraum."

„Vampire sind nur in der Nacht aktiv und schlafen tagsüber. Sie können nicht ins Sonnenlicht treten", erklärte Jackson. „Daher wundert es mich nicht, dass sie Ihnen noch nie im Gebäude begegnet sind. Die Kellerwohnung hat vermutlich auch keine Fenster. Es ist am besten, wenn wir nach Tagesanbruch zuschlagen, sobald wir sicher sind, dass sie tief und fest schlafen. Selbst wenn sie aufwachen sollten, stecken sie in der Falle."

„Sie haben vorhin erwähnt, dass Vampire nicht unsterblich sind", fragte Minsoo nach und Jackson nickte.

„Das ist richtig. Das bedeutet allerdings nicht, dass es einfach ist, sie zu töten", sagte er.

„Töten?", warf Yujun bestürzt ein. „Ihr wollt sie einfach so töten?"

„Wollen wir nicht", wandte Minsoo ein. „Wenn man sie umbringen kann, kann man sie auch verletzen." Dabei sah er Jackson wieder an. „Nicht wahr?"

„Richtig, aber es ist verdammt schwer", gab Jackson zu. „Sie werden dort nicht einfach so hineinspazieren und die Vampire verhaften können. Sie werden sich über Ihre Handschellen lustig machen, das sind quasi Spielzeuge für sie."

132

„Was schlagen Sie dann vor?", fragte Minsoo den Vampirjäger.

„Wir müssen sie so stark verletzen, dass sie keine Chance mehr haben werden, gegen uns anzukommen", erklärte Jackson. Er griff nach seiner Aktentasche und nahm eine Handvoll keilartiger Holzgeschosse hervor. „Sie sollten Kugeln aus Holz verwenden und auf ihre Schultern, Arme und Beine zielen."

Minsoo sah sich die Holzgeschosse genauer an. An einer Seite waren sie spitz und auf der anderen abgeflacht.

„Ich kann Ihnen aber nicht garantieren, dass dies die Vampire stark genug verletzt."

Minsoo nickte. „Wir müssen es versuchen."

Yujun hatte sich bei der gesamten Unterhaltung bisher zurückgehalten. Argwöhnisch hatte er seinen Partner beobachtet, der die Geschichten des Vampirjägers ohne Widerrede glaubte. Doch jetzt konnte er nicht mehr schweigen. Er nahm Minsoos Hand, zog ihn in eine Ecke des Büros und stellte ihn zur Rede.

„Du glaubst doch wohl nicht ernsthaft, was dieser Quacksalber von sich gibt!"

„Doch", antwortete Minsoo. „Ich bin mir sicher, dass Juhan ein Vampir ist. Bei den anderen weiß ich es allerdings nicht."

„Das ist doch völliger Schwachsinn!", gab Yujun aufbrausend von sich. „Es gibt keine Vampire!"

„Wie erklärst du dir dann das hier?", fragte Minsoo und zeigte auf den Blutfleck auf seinem Shirt. „Juhan hat mir heute Nacht das Blut aus den Adern gesogen! Er hat versucht, mich umzubringen!"

Misstrauisch sah Yujun den Fleck an. „Das könnte doch auch einfach nur Wein sein", sagte Yujun. „Du hast doch selbst gesagt, dass du der Meinung warst, dass das alles nur ein Traum war!"

„Das war kein Traum", Minsoo schüttelte energisch seinen Kopf, „dafür war alles viel zu real."

Er sah in Yujuns Augen, dass er ihm nicht glauben wollte und nach Erklärungen suchte. Minsoo hatte Verständnis dafür, immerhin war auch er zuerst skeptisch gewesen, obwohl er an seinem eigenen Körper erlebt hatte, wie der Vampir sich an ihm labte.

„Stimmst du mir zu, dass Juhan unser Hauptverdächtiger ist?", fragte Minsoo seinen Partner und Yujun nickte bestätigend. „Dann dürftest du nichts dagegen haben, wenn wir ihn verhaften."

„Natürlich nicht", sagte Yujun. „Aber eure Maßnahmen sind doch viel zu extrem!"

„Niemand von uns hat gesagt, dass wir jemanden töten werden. Wir verhaften alle fünf und bringen sie hierher. Juhan ist gefährlich, egal ob als Vampir oder Mensch. Er hat bereits 4 Menschen getötet, von denen wir wissen. Wer weiß, ob er nicht auch 2015 in Busan sein Unwesen getrieben hat!"

Yujun dachte einen Moment über Minsoos Erklärungen nach. Sein Kollege war sich sicher, dass Juhan der gesuchte Mörder war. Und er war sich zudem sicher, dass er es noch nie mit einem Täter zu tun gehabt hatte, der gefährlicher war als er.

Vielleicht hatte Minsoo recht und sie mussten wirklich mit Gewalt dafür sorgen, damit kein weiterer Beteiligter verletzt wird.

Minsoo sah in Yujuns Augen, dass dieser einknickte. Er legte seine Hand auf dessen Schulter. „Niemand wird bei dem Einsatz sterben. Das verspreche ich dir."

Nach dieser kurzen Unterredung wandte sich Minsoo wieder den beiden anderen zu. „Ich werde das SEK zusammenrufen. Sie sollen sich um das Gebäude herum verteilen und bereithalten. Eine Stunde nach Sonnenaufgang schlagen wir zu."

## Kapitel 29

Das Sondereinsatzkommando der Seouler Polizei nahm nach Minsoos Anweisungen seine Stellung im Schutz der Dunkelheit ein. Scharfschützen waren in leeren Räumen auf der anderen Straßenseite platziert und zielten mit ihren Gewehren auf die Eingangstür des Wohngebäudes. Ein weiterer Trupp des SEKs bezog zwei Straßen weiter Stellung und wartete mit dem Rest auf Minsoos Zeichen. Sie würden alle gemeinsam mit Yujun und ihm das Gebäude stürmen und die Bewohner der Kellerwohnung festnehmen.

Ungeduldig blickte Minsoo auf seine Uhr. Es war inzwischen hell geworden, doch er konnte sich noch nicht sicher sein, dass Juhan und seine Familie bereits schliefen. Ihre Erkundungen hatten ergeben, dass die Kellerwohnung keine Fenster aufwies. Es war also mehr als wahrscheinlich, dass sie auch tagsüber wach waren.

Eineinhalb Stunden nach Sonnenaufgang beschloss Minsoo, dass sie nicht länger warten sollten. Als er dem SEK sein Zeichen gab, setzten sich 10 Einsatzkräfte, Yujun und er gemeinsam in Bewegung. Mit gezogenen Waffen eilten sie zum Eingang des Gebäudes. Mithilfe von Hoons Haustürschlüssel betraten sie das Haus und schlichen sich in den Keller hinunter. Dort angekommen verteilten sich die Einsatzkräfte um die Tür zur Kellerwohnung.

Stumm gab ihnen Minsoo ein weiteres Zeichen. Einer der Polizisten brach die Tür mithilfe eines Rammbocks auf und alle strömten in die Wohnung.

„Hände hoch, Polizei!", rief Minsoo, als er eintrat und die Waffe schussbereit in seinen Händen hielt. Die Einsatzkräfte öffneten sämtliche Türen und durchsuchten alle Räume. Nach wenigen Minuten war ihnen jedoch klar, dass die

Wohnung vollkommen leer war. Keiner der Bewohner war anwesend.

Enttäuscht steckte Minsoo seine Waffe weg und sah sich im großen Raum um. Er stand im Wohnzimmer mit offener Küche. Vor einem Sofa befand sich ein kleiner Tisch und ein Fernseher an der Wand. Neben der kleinen Küchenzeile war ein großer Esstisch vorhanden, der genug Platz für sechs Personen bot, es gab jedoch nur einen Stuhl.

Die Einsatzkräfte des SEKs zogen sich zurück und Minsoo bedankte sich für deren Einsatz. Enttäuscht darüber, dass er niemanden vorgefunden hatte, durchsuchte er die Wohnung auf mögliche Hinweise darauf, wo die Bewohner sich aufhalten könnten.

„Minsoo!", rief ihn Yujun, als er sich eines der Zimmer genauer ansah. Er ging zurück ins Wohnzimmer und sah seinen Kollegen neben dem Tisch stehen. Darauf lag ein Brief. Er war an Minsoo adressiert.

Im ersten Moment war er verwundert. Minsoo tauschte einen Blick mit seinem Partner aus. Daraufhin nahm er seine Handschuhe aus seiner Tasche, zog sie an und öffnete vorsichtig den Brief.

Minsoo,

ich weiß, dass du darüber informiert bist, was wir sind. Und ich weiß auch, dass du mich verdächtigst, für die letzten Morde verantwortlich zu sein.

Doch du bist dem Falschen auf der Spur!

Es ist ein weiterer unserer Art in der Stadt. Dieser hat dich letzte Nacht angegriffen. Ich konnte dich im letzten Moment retten, bevor du gestorben wärst, und habe dich anschließend nach Hause gebracht.

Ob du mir das glaubst oder nicht, ist deine Sache.

Doch ich verspreche dir hier und jetzt, dass ich nicht ruhen werde, bis ich den wahren Mörder gefunden habe. Er muss dafür büßen, dass er versucht hat, dich zu töten.

Verschwende deine Zeit nicht damit, nach uns zu suchen! Wir haben bereits einen neuen Unterschlupf und ich kann dir versichern, dass du uns nicht finden wirst.

Es tut mir leid, dass ich dir das alles nicht persönlich sagen kann. Du wirst sicher verstehen, weshalb wir verschwinden mussten.

Ich hoffe sehr, dass ich, wenn wir uns das nächste Mal begegnen, sämtliche Zweifel bereinigen kann.

Juhan

## Kapitel 30

Am Abend zuvor lief Juhan ziellos durch Gangnams Straßen, nachdem er Hoon im Keller des Wohnhauses zurückgelassen hatte. Er versuchte, von dem Blutrausch wieder nüchtern zu werden, der durch den Geruch von Minsoos Blut ausgelöst wurde. Doch das gestaltete sich schwierig: Einerseits befand sich Hoons frisches Blut an einer Hand, andererseits klebte Minsoos getrocknetes Blut an seiner anderen Hand und auf seinen Klamotten.

Juhan atmete mehrmals tief durch, doch seine Fangzähne zogen sich einfach nicht zurück. Es war viel zu lange her, dass er sie durch die Haut eines Menschen gestoßen und dessen Blut getrunken hatte. Er konnte sich gar nicht mehr an das letzte Mal erinnern. Zu lange hatte er versucht, nur von Kimoons Blutkugeln zu leben.

Juhan betrachtete sein Spiegelbild im Schaufenster eines Klamottenladens. Er war angeekelt von seinem Anblick. Seine Augen leuchteten rot und die Fangzähne waren noch immer deutlich sichtbar.

Juhan hatte keine andere Wahl, er musste sämtliches Blut unbedingt so schnell wie möglich loswerden. Und so brach er in den Laden ein, wusch sich die Hände und seinen Hals im hinteren Teil des Geschäfts an einem Waschbecken, ging anschließend in den vorderen Teil und nahm ein schwarzes Shirt in seiner Größe von der Stange. Aus dem Augenwinkel sah er eine Lederjacke, die ihm gefiel und die er ebenso mitnahm.

Während er sich umzog, dachte Juhan darüber nach, was er als Nächstes tun sollte. Ihm wurde bewusst, dass Hoon ihn gesehen hatte und er womöglich Minsoo darüber berichten wird.

Juhan hatte ein schlechtes Gewissen aufgrund seines Diebstahls und ließ daher sämtliches Bargeld, das er bei sich trug, an der Kasse zurück. Er verließ den Laden und warf sein blutverschmiertes Hemd in einen nahegelegenen Müllcontainer.

Juhan hatte nun ein Ziel. Um schneller voranzukommen, sprang er auf ein niedriges Dach und blieb auf jenem gegenüber der Polizeistation stehen.

Er belauschte die Besprechung der drei Freunde mit dem Spezialisten und erfuhr auf diese Weise, dass Minsoo nun herausgefunden hatte, dass er ein Vampir war. Schlimmer noch: Er war überzeugt davon, dass er – Juhan – ihn angegriffen hatte.

Im Grunde genommen konnte er ihm dies nicht verübeln. Minsoo war vermutlich außer sich vor Angst und in dem Gedanken verhaftet, dem Serienmörder fast zum Opfer gefallen zu sein. Doch Juhan war überrascht, dass der Polizist so ruhig blieb und die Razzia in ihrer Wohnung penibel plante.

Ein Detail, das er aus der Unterhaltung der vier Männer erfuhr, ließ ihn erschaudern. Minsoo erzählte davon, dass er das Gefühl hatte, betrunken oder benommen zu sein. Diese Erwähnung brachte eine Erinnerung in ihm hervor, die er bislang tief in seinem Gedächtnis vergraben hatte.

Juhan hatte in den vielen Jahren seines Daseins schon unzählige Vampire getroffen, doch ihm war nur ein einziger Vampir mit einer solchen Fähigkeit wie dieser bekannt. Nun wusste er, wer für die Angriffe verantwortlich war! Es war kein Zufall, dass die Polizei seinen Ring am Tatort gefunden hatte. Der Vampir wollte Rache nehmen und Juhan die Schuld für diesen Mord zuweisen und auch für die folgenden Verbrechen. Vermutlich hatte er die Hoffnung, dass nun ein Vampirjäger die Drecksarbeit für ihn erledigt.

**140**

Juhan hatte nicht erwartet, dass er diesem Vampir wieder begegnen würde, und fast vergessen, dass er überhaupt existierte. Auch wenn er nie vergessen konnte, was damals passiert war, als sie sich das letzte Mal gesehen hatten.

Nachdem Juhan sicher war, alles Wissenswerte gehört zu haben, machte er sich auf den Weg zurück zum Apartment.

## Kapitel 31

Es war nicht einfach gewesen, seine Familie von seiner Unschuld zu überzeugen. Einzig Seojun gab ihm einen Vertrauensvorschuss und hörte sich Juhans Story an. Er erzählte nun, dass er Minsoo nicht angegriffen, sondern gerettet hatte.

„Wer ist dieser Vampir?", fragte ihn Haru argwöhnisch.

„Wenn ich euch das erzähle, werdet ihr es mir nicht glauben", antwortete Juhan, der es nicht wagte, den Namen des Vampirs laut auszusprechen. Zu viele Emotionen und Erinnerungen hingen daran.

„Und du kennst ihn?", fragte Seojun besorgt.

„Ja, und er ist uns nicht freundlich gesinnt." Besonders vor Seojun wollte er nicht zugeben, wer tatsächlich für die Morde verantwortlich war. Er würde ihm vermutlich nicht glauben. Vielleicht wäre es besser, wenn Seojun es mit seinen eigenen Augen erlebt. Trotzdem hoffte Juhan, dass er niemals erfahren wird, wer der Angreifer war.

„Minsoo weiß über uns Bescheid", fuhr Juhan mit seiner Erklärung fort. „Die Polizei plant morgen Früh eine Razzia in unserer Wohnung. Wir müssen noch heute Nacht verschwinden, denn sie wollen eine Stunde nach Sonnenaufgang zuschlagen."

Seine Familie brauchte keine weitere Aufforderung. Alle sammelten ihre Sachen zusammen, die sie mitnehmen wollten. Juhan verließ als Letzter die Wohnung und sah sich nochmals in allen Räumen um. Nichts sollte auf ihr neues Versteck hindeuten. Als er zufrieden zur Tür ging, hielt er allerdings nochmals inne.

Juhan ging in die Küche zurück und zog ein paar Blätter Papier und einen Umschlag hervor. Mit einem Stift schrieb er einen Brief an Minsoo und steckte ihn in das Kuvert, auf dem er seinen Namen schrieb.

Juhan ließ den Brief auf dem Tisch zurück, sodass er leicht gefunden werden konnte. Zum letzten Mal verließ er das Apartment. Er würde nie wieder zurückkommen.

Die Vampire waren sich darüber einig, dass sie Bescheid wissen wollten, was weiter vor sich ging, weshalb Chris tagsüber entsandt wurde, um die Polizei auszuspionieren. Juhan war nicht sehr glücklich über diese Lösung, doch er hatte keine andere Wahl.

Am Abend berichtete Chris, dass die Razzia ohne sichtlichen Erfolg beendet wurde, Minsoo aber Juhans Brief gefunden habe, der nun forensisch untersucht wurde. Die Polizei glaubte nicht den Behauptungen, die in dem Brief erwähnt wurden. Sie waren überzeugt davon, dass es ein Ablenkungsmanöver war, um Juhans Spur zu verlieren.

Es machte Juhan nichts aus, dass Minsoo seinen Worten keinen Glauben schenkte. Generell war es für Menschen schwer genug, sich einzugestehen, dass es Vampire gab. Dass Juhan ihn gerettet haben soll, schien Minsoo zu überfordern.

Den ganzen Tag hatte Juhan darüber nachgedacht, was der Vampir als Nächstes vorhaben könnte. In seinem Drang nach Rache ging es diesem nicht darum, so viele Menschen wie möglich umzubringen, sondern vor allem Juhan zu verletzen.

Als er diese Vermutung seiner Familie mitteilte, waren sie sich alle darüber einig, dass der Vampir wohl Minsoo und seine Freunde als Ziele auswählen würde. Sie alle haben diese Menschen liebgewonnen und wollten nicht, dass ihnen etwas passiert.

Sie beschlossen daher, nachts Wache zu halten und dafür zu sorgen, dass den drei Freunden nichts geschah.

Gleichzeitig hatten sie vielleicht so die Möglichkeit, den Mörder zu stellen.

Juhan wollte Minsoo bewachen, doch seine Brüder waren der Meinung, dass es für ihn viel zu gefährlich war, nach draußen zu gehen. Sämtliche Polizisten suchten nach ihm. Er war im Moment der Hauptverdächtige und es würde die Hölle ausbrechen, sollte Minsoo ihn erblicken. Er willigte daher widerstrebend ein, dass Chris diese Aufgabe nun übernahm. Haru war bei Hoon eingesetzt und Kimoon wachte über Yujun, was bedeutete, dass er für den größten Teil der Nächte zusammen mit Chris unterwegs war. Juhan blieb mit Seojun in ihrem neuen Versteck zurück und musste darauf warten, dass ihn seine Brüder mit Neuigkeiten auf dem Laufenden hielt.

Juhan bestand darauf, dass alle drei Brüder regelmäßigen Kontakt über ihre Mobiltelefone hielten, da er wusste, wie gefährlich der Vampir war. Insbesondere bezüglich Chris machte er sich Sorgen. Er war noch ein Halbvampir und dementsprechend auch nicht so stark wie ein Vollvampir. Im Grunde genommen hatte er noch keine Chance gegen einen Vampir, der so alt wie Juhan war. Doch Juhan wollte auch nicht, dass Seojun ihm über den Weg lief. Es brach ihm selbst das Herz zu wissen, wer für die Morde verantwortlich war. Seojuns Welt würde zusammenbrechen, wenn er es erfuhr.

Jede Stunde telefonierte Juhan mit seinen Brüdern und verlangte ein Update über die Ermittlungen sowie den Zustand der drei Freunde zu erfahren. Erst nach drei Tagen lagen die Ergebnisse der forensischen Untersuchungen der Wohnung sowie des Briefes vor. Mehrere Fingerabdrücke wurden gefunden, doch diese waren nicht in der Datenbank gespeichert.

Juhan hatte sich deswegen keine Sorgen gemacht, da keiner seiner Brüder registriert war. Allerdings würde es ihnen in der Zukunft vielleicht Probleme bereiten, wenn ihre Fingerabdrücke nunmehr in der Polizeidatenbank hinterlegt waren – als Verdächtige.

Es schien, als müssten sie nicht nur Seoul, sondern sogar das Land verlassen, sollten sie heil aus dieser Angelegenheit herauskommen.

Juhan beunruhigte es, dass dieser Vampir so lange nicht in Aktion trat und glaubte daher nicht, dass er nun einfach weitergezogen ist.

Eines Nachts bestätigte sich seine Annahme, da Haru auf seinem Mobiltelefon nicht erreichbar war. Juhan versuchte es mehrere Male, doch sein Bruder meldete sich einfach nicht. Beunruhigt darüber teilte er das Seojun mit, der es ebenso merkwürdig fand.

„Ich sehe nach, was los ist", sagte Seojun und eilte aus dem Versteck. Juhan blieb allein zurück. Unfähig, irgendetwas zu unternehmen. Er wollte seine gesamte Familie nicht in Gefahr bringen, falls die Polizei ihn finden sollte.

## Kapitel 32

Hoon war nach einigen Nächten, die er in Minsoos Wohnung verbracht hatte, wieder nach Hause gegangen. Die Polizei war davon überzeugt, dass die Vampire ihre Kellerwohnung verlassen hatten und wohl nicht mehr zurückkommen würden. Somit bestand für Hoon kein Risiko mehr, allein in seiner eigenen Wohnung zu bleiben.

Seojun wusste daher, dass Haru auf einem der Dächer um Hoons Wohnung Stellung bezogen hatte, um diesen Menschen zu beobachten.

Er suchte ihn, konnte ihn jedoch auf den ersten Blick nicht finden. Ein ungutes Gefühl machte sich in Seojun breit, doch er konnte es nicht zuordnen. Ihm wurde bewusst, dass er Haru doch nicht so einfach finden würde, und beschloss daher, ihn bei Minsoos Wohnung zu suchen. Als er gerade jenen Teil des Viertels verlassen wollte, sah er etwas aus dem Augenwinkel.

Bei näherem Hinsehen entdeckte er eine Gestalt, die ausgestreckt auf dem Boden in einer Ecke des Daches lag.

Seojun eilte zu dem Mann und war im ersten Moment erschrocken, da es sich um seinen Bruder handelte.

„Haru!", rief Seojun panisch und rüttelte an dessen Schultern, um ihn zu wecken. Es dauerte ein paar Sekunden, bis sich Harus Augen öffneten. Erleichterung machte sich in Seojun breit.

„Was ist passiert?", fragte er sofort und half Haru beim Aufstehen.

Haru sah sich einen Moment verwirrt um und rieb sich den schmerzenden Nacken und Hinterkopf. Jemand hatte ihn von hinten bewusstlos geschlagen. Plötzlich erinnerte er sich wieder an alles und blickte nach unten in Hoons Wohnung.

Durch das Fenster in seinem Schlafzimmer beobachtete er eine Bewegung. Eine Person stand plötzlich neben dem Bett. Hoon war vor einigen Stunden eingeschlafen, es war daher äußerst unwahrscheinlich, dass dies der Mensch war.

„Hoon!", rief Haru. Ohne nachzudenken sprang er vom Dach quer über die Straße, brach durch das geschlossene Fenster von Hoons Wohnung und landete im Inneren auf allen Vieren. Seojun war perplex über die Aktion seines Bruders, folgte ihm jedoch sogleich durch das nunmehr zerschlagene Fenster.

Erschrocken darüber, dass er unterbrochen wurde, stutzte die dunkle Gestalt, die sich bereits über Hoons Bett gebeugt hatte, kurz und sah die beiden Vampire verärgert an.

Hoon wachte aufgrund des Lärms in seinem Schlafzimmer auf und sah sich verwirrt um. Als er die drei Fremden sowie das zerbrochene Fenster sah, schrie er angsterfüllt auf.

Seojun zögerte nicht lange und pinnte den Vampir mit all seiner Kraft gegen die Wand, sodass Haru die Möglichkeit hatte, mit Hoon zu fliehen.

Er wandte sich unmittelbar dem Menschen zu, zog ihn aus seinem Bett, warf ihn sich über die Schulter und rannte durch das offene Fenster hinaus in die Nacht. Während Hoons Schreie in der Ferne immer leiser wurden, kämpfte Seojun gegen die Kraft des Vampirs und versuchte, ihn davon abzuhalten, seinem Bruder und Hoon zu folgen.

Doch er bemerkte schnell, dass seine Vampirkraft nichts im Vergleich zu der des anderen war. Er wurde mit Leichtigkeit weggestoßen. Seojun setzte erneut an, den Vampir anzugreifen, doch plötzlich hielt er ungläubig inne.

Als die Gestalt in das Licht der Straßenlaternen trat, das von draußen nach innen drang, bekam Seojun dessen Gesicht zu sehen. „Schön, dich wiederzusehen, Seojun", sagte der Vampir mit einem Lächeln im Gesicht.

Seojun war wie betäubt. Es war mehr als 160 Jahre her, dass er diesen Vampir zuletzt gesehen hatte. Er erinnerte sich gut an jenen Tag, als ob es gestern gewesen wäre. Hundert Jahre lang hatte er mit ihm zusammengelebt, bevor er schließlich spurlos verschwand. Dieser Mann, der wie ein Vater für ihn war, hatte ihn einfach zurückgelassen, ohne sich von ihm zu verabschieden.

„Ich hoffe, dir ist es gut ergangen", sagte der Vampir und trat einen Schritt auf Seojun zu. Dieser wich sofort vor dem Älteren zurück.

„Bist du etwa für all die Morde verantwortlich?", fragte ihn Seojun ungläubig. Es passte absolut nicht zu seinen Erinnerungen an diesen Mann, dass er zu solch grausamen Taten fähig war.

Doch der Vampir lächelte ihn nur geheimnisvoll an.

„Ich habe dich gefragt, ob du all die Menschen getötet hast!", schrie Seojun nun verzweifelt, aber er bekam weiterhin keine Antwort. Der Vampir stand nur stumm in der Mitte des Raumes und sah ihn abschätzend an.

„Ich glaube, du wirst etwas Zeit brauchen, um das nun zu verarbeiten", sagte der Vampir und ging langsam zurück in die Schatten. „Vielleicht solltest du mit Juhan darüber reden", schlug er lachend vor und verschwand aus Seojuns Blickfeld. Zwar eilte er dem Vampir hinterher, doch dieser hängte ihn mit Leichtigkeit ab. Er war genauso schnell wie Juhan, das wusste Seojun, weshalb er die Suche nach ihm bald aufgab.

Er eilte zurück zu ihrem Versteck. Der Vampir hatte recht. Er musste mit Juhan darüber sprechen.

## Kapitel 33

Hoon wehrte sich verzweifelt gegen den Griff des Vampirs, der ihn durch die dunkle Nacht schleppte. Er schrie Haru zu, dass er ihn doch herunterlassen sollte, doch keine seiner Versuche zeigten Wirkung.

Haru war in großer Sorge um Seojun und hatte Angst, dass der Vampir ihnen folgen könnte, denn Hoons Schreie könnten ihn auf ihre Spur bringen. „Sei ruhig und wehr dich nicht!", verlangte Haru von ihm und so ließ er von seinen Versuchen freizukommen ab.

Nach kurzer Zeit erreichten sie ihr Versteck. Haru atmete erleichtert auf, da sie nicht verfolgt wurden. Das bedeutete aber auch, dass es Seojun gelungen war, den Vampir entweder abzulenken oder zu überwältigen.

Juhan blickte überrascht auf, als Haru mit Hoon über seine Schulter gelegt auftauchte.

„Was ist passiert?", fragte er sofort und beobachtete, wie er den Menschen in ein leeres Zimmer brachte. Haru setzte Hoon vorsichtig auf eines der Betten ab und legte beide Hände auf dessen Schultern.

Der Mann war offensichtlich außer sich vor Angst, doch er gab keinen Laut von sich. Haru war traurig darüber, dass er Hoon so manipulieren musste, doch es musste sein. Er befahl ihm, keine Angst zu haben und Hoon beruhigte sich sofort. Haru versprach ihm, bald zurückzukommen und verließ den Raum.

Er blickte Juhan an und erzählte ihm, was soeben passiert war. Dieser war nach der Schilderung des Vorfalls äußerst besorgt um seinen anderen Bruder. Als Juhan die Wohnung verlassen wollte, um Seojun zu Hilfe zu eilen, wurde plötzlich die Tür von diesem aufgestoßen.

Er eilte herein und lief direkt auf Juhan zu, der völlig überrumpelt wurde. Seojun bekam ihn an seinem Revers zu fassen und rammte ihn heftig gegen die Wand am anderen Ende des Raumes.

Dabei leuchteten seine Augen vor lauter Ärger rot auf.

„Wie kannst du nur?", fragte Seojun ihn fuchsteufelswild. „Wie kannst du vor uns … vor *mir* verheimlichen …" Seojun brachte keinen ganzen Satz heraus, so wütend war er über die Situation.

„Du hast ihn also gesehen", stellte Juhan fest, was ihn in seiner Annahme über die Identität des Vampirs bestätigte. Er legte beruhigend eine Hand über die von Seojun. Doch er beruhigte sich nicht. Wütend presste er Juhan härter gegen die Wand in dem Versuch, seinem Bruder Schmerzen zuzufügen.

„Wieso hast du mir nicht gesagt, wer für die Morde verantwortlich ist?", rief Seojun in seinem Blutrausch.

„Du hättest mir nicht geglaubt", antwortete Juhan ruhig. „Du hättest mich für verrückt gehalten."

„Du hättest es trotzdem sagen müssen!", schrie Seojun verzweifelt und Juhan war überrascht über die Tränen, die aus dessen Augen hervortraten. „Du hättest mich warnen können, dass er in der Stadt ist!"

„Hätte es denn etwas an der Situation geändert?", fragte Juhan sanft und strich besänftigend über Seojuns Kopf. Er konnte sich gut vorstellen, wie es ihm nun erging. Seojun fühlte sich betrogen, war verzweifelt und verwirrt. Gefühle, mit denen auch Juhan zu kämpfen hatte, als ihm bewusst wurde, wer der Mörder war.

„Ich kann es einfach nicht glauben, dass er sich so dermaßen verändert hat", sagte Seojun und lockerte seinen Griff um Juhans Hals.

„Mir geht es genauso", sagte Juhan leise und schlang seine Arme um den Oberkörper seines Bruders. „Mir geht es genauso."

Seojun weinte ein paar Minuten in Juhans Armen, bevor er sich wieder sammelte und sich zu dem verwirrten Haru umsah, der nichts von der Interaktion verstanden hatte.

„Könnt ihr mir endlich erklären, was hier vor sich geht?", verlangte der jüngere Bruder von ihnen, doch Seojun und Juhan schwiegen darüber.

„Alles, was du wissen musst, ist, dass der Vampir sehr gefährlich ist", sagte Juhan. Seojun sah ihn erschrocken an. „Vermutlich willst du es nicht wahrhaben, aber er hat bereits vier Menschen getötet, Hoon zweimal und Minsoo einmal angegriffen. Wer weiß, wozu er noch fähig ist, um sich an mir zu rächen."

Seojun schluckte seine Wut und ließ sich nichts anmerken. Auch wenn er es nicht vorhatte, stimmte er Juhan zu. In diesem Moment vergaß er alle guten Taten, die dieser Vampir in der Vergangenheit vollbracht hatte, und konzentrierte sich nur auf das Hier und Jetzt. Äußerst beunruhigend war allerdings, dass Chris und Kimoon draußen allein unterwegs waren.

## Kapitel 34

Minsoo war nicht wohl bei dem Gedanken, dass Hoon seine erste Nacht allein in seiner Wohnung verbrachte. Haru wusste, wo er wohnte und somit war es auch wahrscheinlich, dass Juhan es erfuhr. Nach Minsoos Meinung war es noch zu gefährlich, Hoon zurückkehren zu lassen.

Observationen um das Haus herum hatten ergeben, dass ihre Verdächtigen nicht mehr zurückgekommen waren. Sie hatten ihre Kellerwohnung wohl endgültig verlassen und es gab keine Anzeichen dafür, dass sie jemals zurückkommen würden.

Trotzdem saß Minsoo an diesem Abend in seinem Auto gegenüber von Hoons Wohnung, die er von der Straße aus beobachtete. Er musste einfach sicher gehen, dass es seinem Freund gut ging.

Die Lichter in Hoons Wohnung waren schon seit einigen Stunden ausgeschaltet und bisher war nichts passiert. Vielleicht, so dachte Minsoo, war seine Sorge doch unbegründet.

Doch dann hörte er ein lautes Geräusch. Zersplitterte gerade ein Fenster? Minsoo zuckte bei diesem Geräusch vor Schreck zusammen und stieg hastig aus dem Auto aus. Er hörte Hoons Schreie und sah kurz darauf einen Schatten, der aus dem Fenster zur Straße sprang. Dieser Schatten hatte Hoon über seine Schulter gelegt und floh mit ihm in die Nacht. Die Schreie seines Freundes wurden immer leiser, als Minsoo ihnen nachblickte.

Schnell stieg er wieder in sein Auto ein und folgte der Gestalt, die seinen Freund entführt hatte. Sie rannte die Straße entlang und bog dann nach rechts ab. Minsoo folgte ihr mit dem Auto so schnell er konnte, ohne einen Unfall zu verursachen. Es dauerte jedoch nur ein paar Minuten, bis die

Gestalt einen großen Satz machte und auf ein niedriges Dach sprang. Minsoo drückte auf die Bremse und blieb stehen. Er stieg aus und blickte nach oben. Es gab keine Spur von ihnen. Die Gestalt war mit Hoon über den Dächern von Seoul verschwunden.

Minsoo konnte auch keine Schreie mehr wahrnehmen und hatte keine Ahnung, wo er nach ihnen suchen sollte.

Hastig zog er sein Handy hervor, um Hoons Entführung zu melden, doch eine Stimme hinter ihm ließ ihn aufschrecken.

„Ich glaube nicht, dass du das melden solltest, was du soeben gesehen hast", meine Chris, der plötzlich hinter ihm stand.

Minsoo ließ sein Handy fallen und richtete stattdessen seine Waffe auf den jungen Vampir.

„Ihr habt Hoon entführt", zischte Minsoo verärgert. „Natürlich muss ich das melden."

„Er wurde nicht entführt", erklärte Chris langsam. „Er wurde gerettet."

„Natürlich", sagte Minsoo. „Und ich bin der Kaiser von China."

„Es ist mir eine Ehre, mit Ihnen Bekanntschaft zu machen, Eure Kaiserlichkeit", erwiderte Chris und verbeugte sich vor ihm.

„Lass den Quatsch!", verlangte Minsoo ärgerlich. „Wo ist Hoon?"

„Er ist in Sicherheit", versicherte ihm Chris. „Derjenige, auf den du diese Waffe richten solltest, befindet sich noch in Hoons Wohnung."

„Als ob ich dir das glauben würde."

Chris zuckte mit den Achseln. „Dann glaube es eben nicht. Du verschwendest aber deine Zeit, wenn du weiterhin gegen uns ermittelst."

„Dann gibst du also zu, dass ihr alle etwas damit zu tun habt?", fragte Minsoo.

„Ich gebe gar nichts zu", sagte Chris und legte seinen Kopf schief. „Weder Juhan noch der Rest von uns hat etwas mit den Morden zu tun. Wir versuchen euch lediglich zu beschützen, deshalb folgen wir euch schon nächtelang."

„Unsinn!"

„Wie du meinst, glaube, was du willst. Ich bin nur aus meinem Versteck gekommen, um dir mitzuteilen, dass Hoon in Sicherheit ist. Mach doch, was du willst!" Chris drehte sich wieder um und setzte gerade an, um auf das nächste Dach zu springen.

Doch Minsoo hatte nicht vor, ihn entkommen zu lassen. Die Waffe war noch immer auf den jungen Vampir gerichtet. Schließlich entsicherte er sie und drückte ab.

Ein lauter Schuss ertönte und Minsoo spürte den Rückschlag in seinem ganzen Oberkörper. Die Holzkugel flog auf Chris zu, doch dieser drehte sich flink zur Seite und wich ihr aus.

Verärgert sah der Vampir den Polizisten an.

Mit einem Satz war er direkt vor Minsoo und nahm ihm seine Waffe ab. Er schleuderte sie mit aller Kraft, die er aufbringen konnte, weg. Minsoo konnte nur noch entsetzt beobachten, wie sie auf dem nächsten Dach landete.

Verängstigt ging Minsoo einen Schritt zurück.

„Ich glaube, du solltest dich mit Juhan unterhalten", sagte Chris mit einem Knurren in seiner Stimme. Seine Augen veränderten sich und wurden glühend rot. Minsoo sah noch im Augenwinkel, dass Chris mit einer Hand ausholte, doch dann war alles schwarz.

Chris knockte den Polizisten mit einem gezielten Schlag in den Nacken aus. Minsoo sackte in sich zusammen, wobei der Vampir ihn ohne Schwierigkeiten auffing. Er legte ihn sich über die Schulter, schloss die Tür zu Minsoos Auto und eilte dann mit ihm zurück zum neuen Versteck. Er vermutete, dass Haru Hoon bereits dort hingebracht hatte.

Chris hatte den ganzen Tag Minsoo beobachtet. Als dieser vor Hoons Wohnung Stellung bezogen hatte, wunderte er sich darüber und hatte den Drang, sich zu Haru auf das Dach zu setzen. Allerdings hätte er Minsoos Auto von dort aus nicht beobachten können.

Chris war genauso erschrocken über die lauten Geräusche in Hoons Wohnung gewesen wie Minsoo selbst. Doch nachdem er gesehen hatte, dass nicht nur Haru, sondern auch Seojun sich um die Gestalt kümmerten, hatte er beschlossen, Minsoo zu folgen, der wiederum Haru mitsamt Hoon verfolgte.

Jetzt aber machte er sich Gedanken darüber, ob er richtig gehandelt hatte. Vielleicht hätte er doch lieber Seojun helfen sollen.

Doch Juhan hatte ihm eingeschärft, Minsoo keine Sekunde aus den Augen zu lassen. Chris blickte in das Gesicht des Polizisten, der schlaff über seiner Schulter lag, und wusste, dass Juhan besonders an diesem Menschen hing. Wie konnte er Minsoo bloß klarmachen, dass die Polizei den falschen Vampiren auf der Spur war?

## Kapitel 35

Als Chris ihre neue Wohnung erreichte, begann Minsoo sich zu bewegen. Bald würde er aufwachen. Das kam ihm gerade gelegen, denn er hatte keine Lust, einen Tadel von Juhan zu erhalten, weil er den Menschen bewusstlos geschlagen hatte. So konnte sein Bruder wenigstens sehen, dass es ihm gut ging.

„Was hast du getan?", fragte Juhan sofort bestürzt, als Chris mit Minsoo über seiner Schulter die Wohnung betrat.

„Ich habe ihn davon abgehalten, Hoon als vermisst zu melden", sagte Chris gelangweilt und hob ihn von seiner Schulter herunter. Minsoo war noch nicht ganz bei Bewusstsein, weshalb seine Beine sogleich einknickten.

Sofort war Juhan zur Stelle und hob Minsoo wieder hoch.

„Minsoo war auch dort?", fragte er besorgt und zog seine Augenbrauen zusammen.

„Ja, aber keine Sorge, der Vampir hat ihn nicht gesehen. Minsoo hat Haru mit Hoon auf seiner Schulter verfolgt, als dieser geflohen ist", antwortete Chris und ließ seinen Nacken knacken. „Wie geht es Seojun? Braucht er Hilfe?"

„Nein, Seojun ist schon zurück. Kimoon ist noch als Einziger draußen unterwegs", antwortete Juhan und drehte sich von Chris weg. Er trug Minsoo in sein eigenes Schlafzimmer und schloss die Tür hinter sich.

Sanft setzte er ihn auf dem Boden ab. Er strich Minsoos Haare aus seinen Augen und glitt mit einem Finger an seiner Schläfe hinab nach unten. Am Kinn angekommen, hob er sanft Minsoos Kopf und stellte sicher, dass dieser ihn ansah.

„Geht es dir gut?", fragte Juhan mit leiser Stimme.

Minsoos Augen weiteten sich, als er den Vampir vor sich bemerkte. Er versuchte, vor ihm zurückzuweichen. Da er bereits an der Wand lehnte, gestaltete sich dies schwierig.

„Geh weg von mir!", verlangte Minsoo und schlug Juhans Hand beiseite. „Fass mich nicht an!"

„Ich tue dir doch nichts", beruhigte ihn Juhan, doch er wagte es nicht noch einmal, Minsoo zu berühren.

Er kniete sich vor dem Menschen nieder und schaute ihn sich genauer an. „Bist du irgendwo verletzt?", fragte Juhan besorgt. „Tut dein Nacken weh?"

„Was kümmert es dich?", spie Minsoo ihm entgegen. Er versuchte, taff zu wirken, doch Juhan konnte die Angst in seinen Augen sehen. Minsoo dachte womöglich, in Lebensgefahr zu sein.

„Es kümmert mich, weil ich mich um dich sorge", sagte Juhan leise. „Aber du bist wohl noch nicht bereit dafür, meine Besorgnis anzunehmen."

Juhan brachte etwas Abstand zwischen sich und Minsoo und nahm ihm gegenüber auf dem Boden Platz. Er beobachtete den Menschen und wartete darauf, dass dieser sich beruhigte.

Zunächst brachte Minsoo es nicht über sich, den Vampir aus den Augen zu lassen. Er war sich sicher, dass er jeden Moment zuschlagen würde. Doch als die Minuten vergingen und Juhan sich weiterhin nicht von seinem Platz rührte, war ein weiterer Gedanke, dass er ihn vielleicht nicht sofort töten wollte. Minsoo sah sich genauer im Zimmer um, in der Hoffnung, etwas Brauchbares im Kampf gegen den Vampir zu finden.

Er befand sich in einem Raum, der kaum mit Möbeln ausgestattet war. In einer Ecke befand sich ein runder Holztisch mit einem Stuhl daneben. Auf dem Tisch standen zwei Flaschen Wein und ein Glas. Die Flaschen waren vollständig geleert und das Glas war offensichtlich benutzt worden. Minsoo saß in der Mitte des Raumes an die Wand gelehnt direkt gegenüber der Tür, die in den Raum führte.

Und am anderen Ende stand etwas, das Minsoo in seinen kühnsten Träumen nicht erwartet hatte.

Es war etwa zwei Meter lang, aus dunklem Holz gefertigt und mit wunderschönen Malereien verziert: ein Sarg, der auf einem Gestell lag. Dieses Gestell war etwa einen halben Meter hoch, sodass der Sarg in etwa hüfthoch dastand.

Erschrocken blickte Minsoo zu Juhan zurück, der ihn die ganze Zeit beobachtete.

„Du weißt doch, was wir sind", kommentierte Juhan Minsoos fragenden Blick. „Da sollte es dich nicht wundern, einen Sarg hier im Zimmer zu sehen."

„Ich habe doch gar nichts gesagt", sagte Minsoo mürrisch und wandte seinen Blick wieder von ihm ab.

Juhan lachte leise auf. „Dir steht die Neugier ins Gesicht geschrieben", sagte er lächelnd. „Ich beantworte dir gern alle Fragen, die du hast."

„Ich habe nur eine Frage", sagte Minsoo und sah Juhan wieder an. „Wo ist Hoon?"

„Es geht ihm gut", antwortete Juhan.

„Das habe ich nicht gefragt."

Juhan seufzte tief. Natürlich gab sich Minsoo nicht mit dieser Antwort zufrieden. „Haru kümmert sich um ihn. Er ist auch hier, aber in einem anderen Raum."

„Ich will ihn sehen!", verlangte Minsoo sofort, doch Juhan schüttelte mit dem Kopf.

„Keine Chance! Erst, wenn du mir glaubst, dass wir nicht für die Morde verantwortlich sind."

„Wer soll es denn dann gewesen sein? Ihr seid die einzigen Vampire in der Stadt!" Minsoo erschauderte, als er das Wort vor Juhan aussprach. Es kam ihm noch immer so unwirklich vor. Doch Juhan zuckte nicht einmal mit der Wimper.

„Wir sind nicht die einzigen Vampire in der Stadt", sagte er und beugte sich Minsoo etwas entgegen. „Es ist noch ein

**158**

Vampir hier, der sich an mir rächen will. Deshalb hat er dich mit meinem Ring auf die falsche Spur geführt." Juhan hielt seine Hand hoch und zeigte ihm den Ring.

„Es war also wirklich dein Ring", stellte Minsoo mit zusammengekniffenen Augen fest.

Juhan nickte und nahm den Ring von seinem Finger. Er warf ihn Minsoo zu, der ihn sich genauer ansah. Er erkannte die römischen Zahlen darauf. XV · I · MDCLXV. Sie waren identisch mit denen, die sich auf dem Ring befanden, den er am Tatort gefunden hatte.

Minsoo warf den Ring wieder zurück und Juhan steckte ihn sich wieder an den Zeigefinger.

„Wieso sollte ich dir glauben, dass jemand den Ring dort platziert hat, wenn du mir sogar bestätigst, dass es deiner ist?"

„Weil ich dich nicht angegriffen habe", sagte Juhan.

„Natürlich hast du mich angegriffen!" Minsoo sah Juhan mit verengten Augen abschätzend an. „Ich habe dich gesehen."

„Du hast mich gesehen, als ich dich gerettet hatte, aber ich habe mich nicht an dir gelabt. Und ich habe dir auch nicht das Gefühl gegeben, betrunken und benommen zu sein. Diese Fähigkeiten einzusetzen, sind nicht mir vorbehalten."

„Nein? Welche Fähigkeit besitzt du denn dann?", fragte Minsoo herausfordernd.

Zur Antwort bedeutete er ihm, die Weinflaschen auf dem Tisch genauer anzusehen. Er stellte sicher, dass Minsoo genau das tat. Dann setzte er seine Fähigkeit zur Schau. Schwerelos ließ er eine der Flaschen auf sich zufliegen. „Ich habe die Fähigkeit, die Gravitation zu kontrollieren", erklärte er und ließ die Flasche zwischen sich und Minsoo einige Zentimeter über dem Boden schweben. „Dadurch ist es mir möglich, Gegenstände schweben zu lassen."

Minsoo beobachtete die Flasche mit offenem Mund. Es war das erste Mal, dass er etwas Übernatürliches in dieser Art sah. Er streckte seinen Arm aus und fuhr mit seiner Hand einmal über die Flasche und einmal unterhalb hindurch. Sie hing nicht an einer Schnur und war tatsächlich schwerelos.

Fasziniert griff Minsoo nach der Flasche. Zuerst spürte er einen Widerstand, der es ihm nicht erlaubte, sie nur einen Millimeter zu bewegen, doch dann ließ sie Juhan fallen. Völlig reglos lag sie nun in Minsoos Hand, als ob nichts Merkwürdiges passiert wäre.

## Kapitel 36

In einem anderen Raum in derselben Wohnung setzte sich Haru neben Hoon auf das Bett. Traurig sah er den Menschen an. Aufgrund seiner Fähigkeiten war es ihm nicht möglich, Hoon auf normalem Weg davon zu überzeugen, dass er und seine Familie ihm nicht schaden würden.

Auch jetzt hatte Hoon keine Angst vor ihm und sagte kein Wort, genauso wie Haru es ihm befohlen hatte.

Der Vampir wagte es unterdessen auch nicht, dem Mann neben ihm irgendetwas zu sagen. Er befürchtete, dass er seine Fähigkeiten einsetzte und dass das Vertrauen, das Hoon ihm womöglich entgegenbrachte, nicht echt war.

Dies war der große Nachteil von Harus Fähigkeiten. Er wusste nie, ob ein Mensch ihm tatsächlich vertraute oder ob es nur an seinen Fähigkeiten lag. Zum Glück hatte er Seojun und den Rest der Familie. Seine Kräfte wirkten nicht bei Vampiren und deren Vertrauen war zu hundert Prozent echt.

„Ich kann dir helfen", sagte Seojun, der leise den Raum betreten hatte. Er sah Haru an, dass dieser das echte Vertrauen von Hoon begehrte, aber nicht wusste, wie er es anstellen sollte. „Aber ich weiß nicht, ob er mir glauben wird."

Aufgrund von Harus flehendem Blick wollte er es trotzdem versuchen. Und würde Hoon ihnen nicht vertrauen, würde er ihn gehen lassen, sobald die Gefahr bezüglich des Vampirs gebannt war.

Seojun nahm sich einen Stuhl von dem Tisch, der zwischen ihren Betten stand, setzte sich Hoon gegenüber und wartete darauf, bis sein Bruder bereit war.

Haru atmete ein paar Mal tief durch, bevor er sich Hoon zuwandte.

„Wenn ich bis drei gezählt habe, möchte ich, dass du meine Befehle, die ich dir, seit wir deine Wohnung heute verlassen haben, gegeben habe, wieder vergisst." Er tauschte einen Blick mit Seojun aus und begann dann zu zählen. „Eins … zwei … drei."

Bei drei änderte sich augenblicklich Hoons Verhalten. Er sah die beiden Vampire ängstlich an und rückte von ihnen so weit wie möglich weg.

„Was habt ihr mit mir vor?", fragte Hoon sofort und sah sich nach einer Fluchtmöglichkeit um. Doch der einzige Ausgang war die Zimmertür, die sich hinter den Vampiren befand. „Wo bin ich? Warum habt ihr mich hergebracht?"

„Bitte beruhige dich!", sagte Seojun mit leiser Stimme. „Keine Sorge, wir tun dir nichts."

Hoon sah sich noch einen Augenblick ängstlich um, doch dann realisierte er, dass keiner der Vampire vorhatte, ihm etwas anzutun. Noch immer ängstlich zog er seine Beine an und lehnte sich gegen die Wand am Kopfende des Bettes, auf dem er saß.

„Was habt ihr mit mir vor?", fragte er erneut, dieses Mal leiser.

„Haru hat dich hergebracht, damit du in Sicherheit bist", erklärte Seojun. Er erklärte Hoon alles, was in dieser Nacht passiert war, und weshalb Haru es ihm nicht selbst mitteilte. Des Weiteren erzählte er auch von dem Vampir, der ihn zwei Mal angegriffen und dass Haru ihm beide Male das Leben gerettet hatte.

Hoon blickte während Seojuns Erklärung immer wieder zu Haru und beobachtete dessen Mimik. Nichts ließ darauf schließen, dass er nicht mit dem übereinstimmte, was Seojun ihm gerade mitteilte.

„Dann seid ihr also wirklich Vampire?", fragte Hoon in die Stille hinein und Haru nickte bestätigend. „Und ihr trinkt

Blut." Wieder nickte Haru. „Aber ihr seid nicht für die toten Menschen verantwortlich." Haru bestätigte das mit einem Kopfschütteln.

Hoon schwieg daraufhin einen Augenblick. Dann fragte er die beiden mit leiser Stimme: „Habt ihr vor, mir etwas anzutun?"

Haru lächelte ihn an und verneinte.

„Wollt ihr meinen Freunden etwas antun?", fragte Hoon weiter und wieder verneinte der Vampir neben ihm.

„Ich lasse euch dann mal allein", unterbrach Seojun die beiden und stand auf. „Ich werde nach Kimoon suchen. Ich mache mir noch immer Sorgen um ihn." Haru nickte ihm zu, als Seojun den Raum verließ.

## Kapitel 37

Minsoo wollte es nicht zugeben, doch er begann allmählich, Juhans Geschichte zu glauben. Viele Indizien sprachen dafür, dass ein weiterer Vampir in der Stadt und für die Morde verantwortlich war. Der unerklärliche Angriff auf Hoon und seine eigene spontane Heilung nach dem Vampirangriff erklärten sich damit, dass sie jeweils von Haru und Juhan gerettet wurden. Minsoo konnte auch ausschließen, dass die Stimme des Vampirs, der ihn angegriffen hatte, keinerlei Ähnlichkeit mit Juhans Stimme hatte. Griff ihn tatsächlich ein anderer Vampir an oder war sein Gefühl der Trunkenheit zu stark, um das beurteilen zu können?

Minsoo konnte nach Abwägung der Tatsachen nicht behaupten, dass Juhan ihm jemals etwas angetan hätte.

Es bedeutete aber nicht, dass es ihn nicht ängstigte, in der Wohnung von fünf Vampiren festgehalten zu werden. Was hatten sie bloß mit ihm vor? Und mit Hoon? Welche Geschichte erzählte Haru im anderen Raum seinem Freund?

„Wo ist Hoon?", verlangte Minsoo schließlich zum x-ten Mal zu wissen.

„Ihm geht es gut", erklärte Juhan ebenfalls zum wiederholten Mal. „Du solltest dir mehr Gedanken um deinen Partner machen, der nicht hier ist."

„Was meinst du damit?", fragte Minsoo argwöhnisch.

„Der Vampir, der euch angegriffen hat, will sich an uns … an mir rächen. Er muss mittlerweile wissen, dass ihr drei uns sympathisch seid und wir dafür Sorge tragen, dass euch nichts zustößt", erklärte Juhan.

„Und dieser Vampir hat die Fähigkeit, jemanden betrunken zu machen?", fragte Minsoo weiter, dem plötzlich etwas eingefallen war.

„Seine Fähigkeit besteht darin, den Gleichgewichtssinn eines Menschen zu manipulieren, somit ja."

„War … War dieser Vampir 1862 mit dir in Deutschland?", fragte Minsoo weiter, weshalb ihn Juhan verwundert ansah.

„Woher weißt du davon?"

„Ich habe ein Foto von dir gesehen … Und ich glaube, ich weiß jetzt, wer dieser Vampir ist." Minsoo stand plötzlich vom Boden auf. „Ich muss zu Yujun. Sofort!"

Auch Juhan erhob sich, doch er versperrte Minsoo den Weg zur Tür. „Du gehst nirgendwo hin. Du bist dort draußen nicht sicher."

„Yujun ist es aber auch nicht!", rief Minsoo und versuchte, an dem Vampir vorbeizukommen. Doch er wurde zurückgehalten. Zwar kämpfte Minsoo gegen Juhans Griff an, war es allerdings nicht gewohnt, so leicht überwältigt zu werden. Der Vampir rührte sich keinen Millimeter. Wie war das möglich?

„Welche Informationen verschweigst du mir?", wollte Juhan wissen.

„Yujun und ich haben den Vampir vor einer Woche gesehen. Ich habe die beiden für ein paar Minuten allein gelassen und als ich sie wieder gefunden habe, war er plötzlich sturzbetrunken. Yujun schwor, dass er keinen Alkohol angerührt hatte. Der Mann wollte mit ihm verschwinden."

Juhans Reaktion sagte ihm, dass er auf der richtigen Spur war und er diesen Vampir ebenfalls verdächtigte.

„Lass mich gehen, ich muss Yujun warnen!" Doch Juhan schob Minsoo mit leichter Gewalt zurück an die Rückwand seines Zimmers.

„Ich kann dich nicht gehen lassen", sagte Juhan leise und strich Minsoo sanft über das Gesicht. „Würde er dir etwas antun, könnte ich mir das nie verzeihen." Erstaunt über die Worte des Vampirs starrte Minsoo in Juhans Augen.

„Wieso?", fragte Minsoo leise, doch Juhan lächelte ihn nur an. Dann drehte er sich um und verließ den Raum. Er schloss die Tür hinter sich. Plötzlich hörte Minsoo, wie der Schlüssel im Schloss umgedreht wurde. Er war eingesperrt.

## Kapitel 38

Juhan betrat Harus Zimmer und fand ihn mit dem Menschen auf seinem Bett sitzend vor. Sie unterhielten sich – besser gesagt Hoon unterhielt sich mit ihm – und Haru antwortete ihm stumm.

„Du hast ihm alles erklärt?", fragte Juhan und Haru nickte.

„Seojun hat es mir erklärt", stellte Hoon klar. „Und ich glaube euch jetzt, dass ihr uns nicht schaden wollt."

„Gut", erwiderte Juhan und dachte einen Moment nach. „Ich brauche nämlich deine Hilfe", sagte er zu Haru, der vom Bett aufstand und Juhan aus dem Zimmer folgte. Im großen Wohnraum befand sich nur noch Chris, der die beiden älteren Brüder interessiert beobachtete.

„Der Vampir hat Yujun schon einmal angegriffen", erklärte Juhan den beiden. „Ich gehe davon aus, dass er es noch einmal probieren wird. Wo ist Seojun?"

„Er ist gegangen, um Kimoon zu suchen", sagte Haru zu ihm. Juhan nickte.

„Gut", sagte er wieder. „Ich möchte aber trotzdem hinaus. Ich glaube nicht, dass es ihm gefällt, dass er heute Nacht mit seinem Angriff auf Hoon gescheitert ist."

„Alles klar", sagte Chris und stand vom Sofa auf.

„Nein, ich möchte, dass du hierbleibst und die beiden beschützt", sagte Juhan zu ihm und verwies auf die beiden Räume. „Hoffentlich kommt er nicht auf die Idee, hier einzudringen und anzugreifen, während wir alle draußen damit beschäftigt sind, Yujun zu beschützen."

„Meinetwegen", brummte Chris leise und ließ sich wieder auf das Sofa fallen.

„Lass sie nicht entkommen!", sagte Juhan streng. „Minsoo will selbst nach Yujun suchen, also pass auf, dass er nicht das Weite sucht!"

„Juhan, auch wenn ich nur ein Halbblut bin, bin ich trotzdem ein Vampir", sagte Chris und verdrehte die Augen. „Ich werde es wohl schaffen, zwei Menschen davon abzuhalten, zu fliehen."

„Das will ich auch hoffen", sagte Juhan leise und ging dann zu dem Zimmer, in dem er Minsoo eingeschlossen hatte.

Minsoo saß auf dem Boden, mit dem Rücken an die Wand gelehnt, genau so, wie er ihn zurückgelassen hatte. „Du darfst herauskommen", sagte er zu ihm und Minsoo sprang sofort auf und ging durch die Tür. Auf der anderen Seite des Raumes ließ auch Haru Hoon aus seinem Zimmer. Erleichtert, seinen Freund ohne sichtbare Verletzungen zu sehen, stürmte Minsoo auf ihn zu und schloss ihn in die Arme.

„Geht es dir gut?", fragte er Hoon, der ihm dies bestätigte. „Haben sie dich manipuliert?", fragte Minsoo besorgt, doch Hoon lächelte ihn an.

„Nein, haben sie nicht. Seojun hat mir alles erzählt." Erleichterung machte sich in Minsoo breit. Er glaubte den Vampiren zwar, dass sie ihnen nicht schaden wollten, doch war er sich noch nicht über deren Methoden sicher, die sie an ihnen anwenden konnten.

„Haru und ich gehen hinaus, um nach Kimoon und Seojun zu suchen. Sie bewachen Yujun. Sollte der Vampir auftauchen, werden wir ihn davon abhalten, eurem Freund etwas zu tun. Ihr bleibt hier. Chris wird euch beschützen", teilte ihnen Juhan das weitere Vorgehen mit.

„Und wenn der Vampir nicht darauf hören wird, was ihr zu sagen habt?", fragte Minsoo ihn und drehte sich ihm entgegen.

„Dann werden wir ihn töten müssen", sagte Juhan mit kalter Stimme. Doch Minsoo sah, dass er nicht so kaltblütig dachte, wie er nach außen hin tat. Ein tiefer Schmerz bildete sich in seinen Augen ab und Minsoo fragte sich, welche Verbindung er mit dem Vampir hatte.

Doch bevor Minsoo etwas darauf erwidern konnte, drehten sich die beiden Vampire um und verließen die Wohnung. Minsoo blieb mit Hoon und Chris – wie vereinbart – zurück.

## Kapitel 39

Nach einer Woche, in der Yujun so viele Clubs, Kneipen und Bars in Gangnam abgeklappert hatte, wie er nur konnte, hatte er nicht mehr viel Hoffnung, irgendetwas über Juhan und seine Familie herauszufinden. Daher hatte er beschlossen, an diesem Abend anders vorzugehen und hatte nicht nur das Bild des mutmaßlichen Mörders von der Überwachungskamera im Gepäck, sondern auch ein bearbeitetes Bild des Mannes, der auf dem Foto aus dem Jahr 1862 neben Juhan stand. Yujun war nicht davon überzeugt, dass sie es mit einer Bande von Vampiren zu tun hatten. Allerdings konnte er die Ähnlichkeit des Mannes mit dem Mann, der ihn vor ein paar Wochen angesprochen hatte, nicht leugnen.

Des Weiteren konnte sich Yujun noch immer nicht erklären, wie er an diesem Abend so betrunken gewesen war, ohne jedoch nur einen Tropfen Alkohol angerührt zu haben. Er vermutete daher, dass der Fremde ihn mit anderen Mitteln in diesen Zustand gebracht hatte.

An diesem Abend war Yujun daher in jenen Bars und Kneipen unterwegs, in deren Nähe die Opfer gefunden worden waren, und zwar in der Hoffnung, dass irgendjemand der Befragten den Mann auf dem Foto erkennen würde.

Doch leider konnte sich niemand an diesen Mann erinnern. Als wäre jener Unbekannte wie eine Erscheinung, die nicht wahrgenommen wird. Seine Ermittlungen gingen erneut ins Leere, sehr zu Yujuns Frustration.

Er verließ die Kneipe namens Moonrise, seine letzte Anlaufstelle, und blieb vor dem Eingang stehen. Enttäuscht holte er sein Mobiltelefon heraus, um Minsoo anzurufen, der in dieser Nacht vor Hoons Wohnung Stellung halten wollte.

Doch bevor er einen Anruf tätigen konnte, tauchte plötzlich eine Hand in seinem Blickfeld auf und nahm es ihm weg.

Erschrocken und ärgerlich sah Yujun auf, um der Person deutlich zu machen, dass das unhöflich und völlig inakzeptabel war. Doch bevor er etwas sagen konnte, stockte ihm der Atem.

Vor ihm stand jener Mann, den er schon den ganzen Abend gesucht hatte. Er war schwarz gekleidet, hatte wieder sämtliche Piercings mit Ketten behangen und trug zudem einen Choker und silberne Ketten um den Hals. All diese Accessoires halfen ihm bestimmt nicht, unerkannt zu bleiben.

„Haben wir uns nicht schon einmal gesehen?", fragte ihn der Mann mit einem höflichen Lächeln.

Yujun dachte schnell darüber nach, wie er reagieren sollte. Seine Hand zuckte zu seinen Handschellen, doch der Ausdruck in den Augen seines Gegenübers ließ ihn innehalten. Es war ein arrogantes Lächeln in ihnen erkennbar, als wüsste er davon, dass Yujun ihn gesucht hatte. Es schien fast so, als würde er über seine Handschellen nur lachen können, die ihn vermutlich nicht aufhalten würden.

„Gib mir sofort mein Handy zurück!", verlangte Yujun, anstatt ihm eine Antwort zu geben, und hielt seine Hand fordernd auf. Das Grinsen des Mannes wurde breiter, als er es in die Innentasche seiner Lederjacke steckte.

„Ich glaube nicht, dass du das noch einmal brauchen wirst", sagte der Mann.

„Und ich glaube, dass du dich mit dem Falschen anlegst", erwiderte Yujun mit fester Stimme. „Gib mir sofort mein Handy zurück oder es wird dir leidtun!"

Das Grinsen auf dem Gesicht des Mannes ließ in keinster Weise nach. Auch hatte dieser nicht vor, Yujuns Aufforderung nachzukommen.

„Weißt du, als wir uns das letzte Mal begegnet sind, hätte ich nicht gedacht, dass dein Tod in meinem Plan so effektiv sein würde", sagte der Mann schließlich. Yujun lief es eiskalt den Rücken hinunter. Gestand er ihm hier und jetzt, dass er der Mörder ist? „Oh ja, eure Vermutung trifft zu, dass ich der Serienmörder bin", flüsterte der Mann plötzlich, als würde er sich sorgen, dass umstehende Personen ihrem Gespräch lauschen könnten. „Aber als ich dich das erste Mal töten wollte, habe ich dich nur zufällig ausgewählt."

Der Mann musterte Yujun von oben bis unten, der daraufhin sofort Gänsehaut bekam.

„Heute jedoch habe ich gezielt nach dir gesucht." Der Mann grinste ihn breit an und offenbarte seine Zähne. Was Yujun sah, ließ ihn erschaudern: Zum Vorschein kamen Eckzähne, die spitz und lang waren – Fangzähne. Mit einem Mal bekam Yujun es mit der Angst zu tun. Hatte Jackson vielleicht doch recht?

„Wieso hast du nach mir gesucht?", fragte Yujun so gut es ging mit fester Stimme. Er erinnerte sich an sein Training während einer gefährlichen Situation, wobei hier vor allem eines gelehrt wurde, nämlich ruhig zu bleiben.

Der Mann beugte sich ihm entgegen und flüsterte: „Weil du mit dem Menschen befreundet bist, der Juhan am meisten bedeutet."

„Was hat Juhan damit zu tun?", fragte Yujun nun argwöhnisch und zog eine Augenbraue hoch.

„Oh, Juhan hat mit allem hier etwas zu tun", sagte der Mann und richtete sich wieder auf. „Juhan ist der Grund für all das und derjenige, an dem ich mich rächen werde."

„Deshalb hast du uns also auf seine Spur gebracht", stellte Yujun fest und kniff die Augen zusammen. Der Mann antwortete nicht, doch sein Lächeln war ihm Antwort genug. „Du hast Juhans Ring am Tatort hinterlassen, damit wir ihn finden." Wieder erhielt er keine Reaktion von seinem Gegenüber. „Aber wozu der ganze Aufwand?", wollte Yujun wissen. „Wieso hast du die Serienmorde verübt, wenn du dich an Juhan rächen willst? Was hast du davon, wenn wir ihn verdächtigen?"

„Das, mein lieber Hauptkommissar, kann dir absolut egal sein", erwiderte der Mann und trat einen Schritt näher auf ihn zu. Plötzlich überkam Yujun ein Gefühl des Schwindels. Alles um ihn herum begann sich zu drehen – wie beim letzten Mal. Seine Beine gaben nach und er stolperte zur Seite. Der Mann hielt ihn am Arm fest, damit er nicht stürzte, und setzte seine Antwort in sein Ohr flüsternd fort: „Denn du wirst den Ausgang des Ganzen nicht mehr erleben."

Yujun konnte sich nicht gegen den Mann, der ihn an seinem Arm zog, wehren. Es war das gleiche Gefühl, das er bereits damals hatte, als er diesem Mann zum ersten Mal begegnet war. Der Schwindel war überwältigend und Yujun hatte keine Möglichkeit, sich aus dem Griff des Mannes zu befreien. Erneut führte er ihn vom Eingang der Kneipe weg in die Schatten der Seitengasse, in der sein zweites Opfer gefunden worden war.

## Kapitel 40

Aus einigen Metern Entfernung beobachtete Juhan die beiden Männer. Er hörte deren Gespräch zu und folgte ihnen, als der Mann Yujun in die Seitengasse brachte. Allerdings zögerte Juhan zuzuschlagen. Er bezweifelte, dass er den ihm bekannten Mann mit Worten überzeugen konnte, von seinem Rachefeldzug abzusehen. Im Grunde genommen war er noch nicht bereit, gegen ihn zu kämpfen. Es sind mehr als 160 Jahre vergangen, seit sie sich zuletzt gesehen hatten, und es traf zu, dass Juhan in seinem Verhalten kaum noch den Mann sah, den er früher einmal gekannt hatte – doch es war noch immer ein und derselbe Mann. Er hatte noch immer dieselbe DNA, dieselbe Vergangenheit und dieselben Erinnerungen. Einst war er Juhans engster Vertrauter gewesen. Der Mann, für den er sein Leben gegeben hätte und der ihm am meisten bedeutet hatte.

Juhan konnte einfach nicht akzeptieren, dass er sich so stark verändert hatte. So stark, dass er kaum noch wiederzuerkennen war. Und doch lag keine Reue in seinen rot glühenden Augen, als er sich über Yujuns Hals lehnte und seine Fangzähne durch die weiche Haut stieß.

Über den Dächern der Kneipe mit dem Namen Moonrise befanden sich Juhans Brüder, die auf ein Zeichen von ihm warteten. Er bedeutete ihnen jedoch, dass sie sich noch zurückhalten sollten, denn er hatte vor, zuerst allein mit ihm zu reden. Als Juhan sich bereit machte, in die Gasse hinunterzuspringen, sah er eine Gestalt auf die beiden Männer zulaufen. Er erstarrte vor Schreck.

„Lass sofort von ihm ab, du Monster!", rief Minsoo und zog am Arm des Vampirs, um ihn von Yujun wegzureißen. Der Mann ließ von seinem Opfer ab und blickte Minsoo aus rot glühenden Augen an. Eigentlich hätte er darauf nicht reagieren müssen, immerhin richtete der Hauptkommissar mit seiner Kraft doch nichts gegen ihn aus. Blut tropfte von seinen Fangzähnen auf sein Kinn, sodass Minsoo erschrocken einen Schritt zurückwich.

Wütend über die Unterbrechung holte der Vampir aus und schlug ihm mit dem Rücken seiner Hand hart über das Gesicht. So hart, dass Minsoo schmerzhaft einige Meter zurückgeworfen wurde.

Als Juhan dies beobachtete, stieß er sich vom Dach ab. Er konnte Minsoo gerade noch abfangen, bevor dieser gegen die Ecke des nächstgelegenen Hauses stieß.

Der Hauptkommissar sah sich erschrocken um, genauso erschrocken wie Juhan es war, ihn in dieser Gasse zu sehen. Doch was Juhan noch mehr beunruhigte, war der Schnitt über Minsoos Auge, der zu bluten begann.

Der Duft des Blutes drang in seine Nase und augenblicklich traten seine Fangzähne hervor.

Minsoo beobachtete Juhans erschrockenen Blick und das Glühen in seinen Augen.

„Hallo Bruder!", unterbrach der Vampir ihren Blickkontakt und Juhan wandte sich dem Mann wieder zu. Er half Minsoo, sich aufrecht hinzustellen und rückte zwischen ihn und den Vampir.

„Jaewon", begrüßte Juhan den Vampir.

„Er gehört auch zu deiner Familie?", fragte Minsoo erschrocken über die Wortwahl des Vampirs, doch Juhan schüttelte seinen Kopf.

„Nein …", dann besann er sich anders. „Doch … es ist kompliziert."

„Oh, ich bin nicht Teil seiner Familie, die er sich *ausgesucht* hat", erklärte der Vampir und trat ein paar Schritte auf sie zu. Yujun ließ er dabei nicht los und schleifte ihn mit sich mit. Es war offensichtlich, dass Yujun zu benommen war, um irgendetwas wirklich mitzubekommen.

„Was meint er damit?", fragte Minsoo.

„Er ist mein kleiner Bruder", antwortete Juhan und lief mit Minsoo rückwärts aus der Gasse hinaus, um einen Abstand zu Jaewon zu wahren. Um die beiden herum tauchten plötzlich Seojun, Haru und Kimoon auf. Sie bildeten einen Kreis um die zwei Vampire mit Minsoo und Yujun. „Mein wirklicher kleiner Bruder."

Nicht nur Minsoo war überrascht über diese Offenbarung. Scheinbar war es auch für Haru und Kimoon neu, dass Juhan einen Bruder hatte. Vor allem einen, der noch lebte und ebenso ein Vampir war.

## Kapitel 41

„Er ist was?", fragte Chris bestürzt, der soeben an der Straße angekommen war. Juhan warf ihm einen wütenden Blick zu, doch er reagierte nicht darauf. Chris machte sich schon genug Vorwürfe, dass er Minsoo hat entkommen lassen.

„Ich bin sein Bruder", antwortete Jaewon stattdessen.

„Wieso hast du uns nie etwas über ihn erzählt?", fragte nun Kimoon.

„Weil wir ihn seit mehr als 160 Jahren nicht mehr gesehen haben", antwortete Seojun.

„Dann war er derjenige …", begann Haru, ohne den Satz zu beenden.

Juhan nickte ihm nur aus traurigen Augen zu und auch Seojun schien über die Situation besonders traurig. „Ich fasse es nicht!", flüsterte Haru leise.

„Es ist aber wahr", sagte Juhan. „Es war mein Bruder, der dich damals fast getötet hätte."

„Das ist aber interessant", unterbrach Jaewon die beiden, „wenn es doch du selbst warst, der für die Opfer in diesem Park verantwortlich war." Alle sahen zu Jaewon zurück, der seine Wut kaum noch unterdrücken konnte. „Hat Juhan euch etwa erzählt, er wäre der ach so liebe Vampir, der keinem Menschen etwas antun könnte?" Jaewon sah wütend zu seinem großen Bruder. „Du hast reife Arbeit geleistet, dass sie dir so vertrauen!"

„Ich habe sie nicht angelogen", sagte Juhan ruhig.

„Du hast Anna umgebracht!", rief Jaewon außer sich vor Wut. „Du hast sie kaltblütig ermordet, obwohl du wusstest, was sie mir bedeutete!"

Juhan schüttelte gequält mit dem Kopf. „Ich habe sie nicht getötet."

„Natürlich hast du das! Du hast an ihr deinen Durst gestillt, nachdem du nicht nur den Jäger, sondern auch diesen Idioten angegriffen hast!" Jaewon deutete auf Haru.

Doch Juhan schüttelte weiterhin traurig mit dem Kopf. „Ich habe sie nicht getötet", sagte er erneut. „Es war ein anderer Vampir."

„Ja? Und warum hast du mir das nie erzählt?", fragte Jaewon höhnisch. „Weil du selbst dieser Vampir bist!"

„Ich habe es dir nicht erzählt, weil ich nicht wollte, dass du deswegen Schuldgefühle mit dir herumträgst", sagte Juhan leise. „Ich wollte nicht, dass du in Selbstqualen verfällst."

„Spar dir deine Erklärungen!", schrie Jaewon ihm entgegen, anstatt seinem Bruder zuzuhören. „Ich werde dir das antun, was du mir vor über 160 Jahren angetan hast!" Er verstärkte seinen Griff um Yujuns Schulter und entblößte seine Fangzähne. „Wenn ich den Menschen hier getötet habe, ist er der Nächste." Er zeigte daraufhin auf Minsoo, der noch immer Schutz suchend hinter Juhans Rücken stand.

„Du willst das nicht wirklich tun", sagte Juhan ruhig, auch wenn er alles andere in diesem Moment war.

„Und ob ich das will", entgegnete Jaewon.

„Du solltest dir nach all der Zeit anhören, was tatsächlich geschah, als du bewusstlos warst", meinte Juhan und Jaewon hielt in seiner Aktion inne.

Der jüngere sah den älteren Bruder argwöhnisch an. Es stimmte, dass er in der Vergangenheit ohnmächtig gewesen war. Doch als er aufgewacht war, lag Anna tot am Boden und Juhan lehnte über ihrer Leiche. Ihr Blut tropfte dabei von seinen Lippen. Jaewon benötigte dafür keine weiteren Erklärungen, denn es war offensichtlich, was damals passiert war. Und doch hielt er inne, als Juhan zu erzählen begann.

## Kapitel 42

Ein Vampir musste nicht töten, um zu überleben.

Das hatten die zwei Brüder Juhan und Jaewon bald herausgefunden, nachdem sie von einem grausamen Vampir verwandelt worden waren. Dieser hatte in ihrem kleinen Dorf sein Unwesen getrieben, viele Menschen getötet und andere wiederum verwandelt. Er hatte dort Chaos angerichtet und Familien auseinandergerissen. Juhan wusste nicht, was mit ihm geschehen war, nachdem der Vampir ihm Unsägliches angetan hatte. Monatelang hatte er sich vor seiner Familie versteckt und war Menschen aus dem Weg gegangen. In fast jeder Nacht konnte er jedoch die grauenvollen Schreie seiner Nachbarn hören und musste sich zwangsläufig fragen, ob dieser Vampir jemanden getötet oder verwandelt hatte. In der Nacht, als er das letzte Mal in ihrem Dorf sein Unwesen trieb, geschah etwas, das Juhans weiteren Weg für immer beeinflussen sollte. Blutverschmiert und mit verzweifeltem Gesicht kam Jaewon zu ihm und berichtete, dass der Vampir jeden einzelnen Menschen in ihrem Dorf getötet oder verwandelt hatte. Ihre ganze Familie war gestorben. Nur Juhan und Jaewon überlebten das Massaker – allerdings in Vampire verwandelt. Ohne jegliche Erklärung abzugeben, ist der grausame Vampir noch in derselben Nacht spurlos verschwunden. Die jungen Vampire erhielten von ihm somit keine Unterstützung, um mit den Herausforderungen ihres neuen Lebens zurechtzukommen.

Juhan und Jaewon hatten sich geschworen, niemals zu töten, soweit es vermeidbar war. Auf ihren Reisen um die Welt haben sie viele Vampire getroffen. Manche haben sich von ihnen überzeugen lassen, dass es nicht in der Natur von Vampiren liegt, Menschen zu töten, andere wiederum nicht. Mit einigen von ihnen haben sie sich darauf geeinigt, dass sie nicht übereinkommen werden und sind im Guten getrennte Wege gegangen. Doch manche haben Juhans und Jaewons Weg für abnormal und unethisch empfunden und geschworen, dass sie sie bei ihrer nächsten Begegnung töten werden, sollten die Brüder ihre Meinung nicht ändern. Juhan und Jaewon mussten gegen viele Vampire kämpfen, einige haben sie sogar getötet, um nicht selbst zu sterben. Nichts konnte sie jedoch in ihrer Überzeugung schwächen.

Sie waren mit ihrer Art zu leben zufrieden und hatten weniger Schwierigkeiten als andere Vampire, sich unter das Volk zu mischen. Die Bewohner der Dörfer, in denen sie lebten, fanden es aber nach einiger Zeit seltsam, dass die Brüder nur nachts unterwegs waren und keiner Arbeit nachgingen. Sie waren immer und überall Außenseiter und wurden auch wie solche behandelt. So verging in der Regel nicht viel Zeit, bis sie wieder verjagt wurden, da man Angst vor ihnen, vor dem Unbekannten, hatte. So waren sie trotz allem gezwungen, immer wieder weiterzuziehen.

Es hatte fast einhundert Jahre gedauert, bis die Vampirbrüder auf ein Opfer eines anderen Vampirs stießen, das zwar noch nicht tot war, sie jedoch mithilfe ihres Blutes nicht retten konnten. Der Mann war so nah an der Schwelle des Todes, dass selbst ihr heilendes Blut nichts mehr ausrichten konnte.

Jaewon konnte nicht mit ansehen, wie grausam der Mann sterben musste, und beschloss daher, ihn in einen Vampir zu verwandeln. Der Neue stellte sich als Seojun vor. Obwohl er lange Zeit brauchte, um sich an sein neues Leben zu gewöhnen, knüpfte er schnell einen starken Bund mit den Brüdern. Auch wenn Jaewon bei seiner Verwandlung jünger als Seojun war, kümmerte er sich fürsorglich um den jungen Vampir, als wäre er sein eigener Sohn gewesen. Er wollte dafür sorgen, dass Seojun nicht negativ beeinflusst und kein grausamer Vampir wird.

Und obwohl sie ihm mehrfach versicherten, dass sie eine Familie wären, fühlte er sich doch wie ein Außenseiter, der die Brüder störte. Jaewon hatte daher eine Idee, um ihre Verbundenheit zu stärken: Er ließ drei Ringe anfertigen. Auf jedem dieser Ringe war das jeweilige Datum des Tages eingraviert, an dem sie verwandelt wurden:

IX · III · MDCLXV für Jaewon,

XV · I · MDCLXV für Juhan,

XI · V · MDCCLIV für Seojun.

Die Erklärung von Jaewon an Seojun war, dass das Datum jenen Tag symbolisiert, an dem sie in eine neue Familie wiedergeboren wurden. Der Ring für Seojun erzielte den gewünschten Effekt. Durch diese drei Ringe wuchs zwischen ihnen die Verbundenheit, die bislang gefehlt hatte. Nun begann das neue Leben der Familie.

Im Jahr 1862 erfuhren die drei Vampire von unerklärlichen Serienmorden in München und reisten daher nach Deutschland. Bis sie dort angekommen waren, waren dem Vampir bereits 11 Menschen zum Opfer gefallen und die Münchner Polizei war an ihre Grenzen gestoßen. Juhan und Jaewon infiltrierten die Polizeibeamten in der Hoffnung, Hinweise zu dem Vampir zu erhalten, der für diese Morde verantwortlich war. Seojun suchte auf eigene Faust in der Stadt nach ihm. In der Großstadt war es selbst für Vampire schwierig, einen Mörder zu finden. Es dauerte tatsächlich Monate, bis sie ihm auf der Spur waren. Doch bevor sie ihn nach seinem 20. Opfer stellen konnten, ging alles schief.

## Kapitel 43

Die vielversprechendste Zeugin in dem Fall war die Schwester eines der Opfer, die den Mord an ihrem Bruder beobachtet hatte. Juhan und Jaewon befragten sie als offizielle Ermittler zu den Ereignissen und besonders Jaewon wurde von der hübschen Frau verzaubert.

Anna war erst 19 Jahre alt, als sie den Mord an ihrem Bruder bezeugt hatte, und konnte sogar eine genaue Beschreibung des Mörders abgeben. Jaewon nahm dies zum Vorwand, um mehr Zeit mit der jungen Frau zu verbringen. Es dauerte nicht lange, bis er ihr vollkommen verfallen war. Nach einiger Zeit berichtete Jaewon seinem Bruder, dass er die Absicht habe, sie in einen Vampir zu verwandeln, damit er ewig mit ihr zusammen sein konnte.

Doch Juhan wollte davon nichts wissen. Sie hatten sich geschworen, dass sie unschuldigen Menschen nichts antun würden. Und eine völlig gesunde Frau in einen Vampir zu verwandeln, wäre mehr als nur grausam.

Die beiden Brüder stritten sich aufgrund dessen heftig miteinander und zu Jaewons Unmut war auch Seojun der gleichen Meinung wie Juhan, der dieses Vorhaben als viel zu gefährlich einstufte. Anna zu verwandeln, wenn sich ein mörderischer Vampir in der Stadt aufhielt, war laut Seojun ein zu gefährliches Unterfangen.

Die Brüder sprachen einige Nächte lang nicht miteinander, während der mörderische Vampir fünf weitere Opfer zu verzeichnen hatte.

In der Nacht, in der er sein 20. Opfer tötete, kam es schließlich zu einer Eskalation.

Jaewon war eines Nachts mit Anna aus. Als er sie durch einen dunklen Park nach Hause begleitete, wurden die beiden von einem fremden Mann angesprochen. Diese Person machte deutlich, dass er Jaewon für den Mörder hielt, was Anna sehr beunruhigte. Zwar war auch sie von Jaewon sehr angetan, doch kannte sie ihn erst ein paar Wochen und wusste praktisch nichts über den Mann, der ihr den Hof machte.

Der Fremde führte weiter aus, dass er wisse, was Jaewon war und zog eine Pistole hervor, die er auf den Vampir richtete.

Anna, völlig erschrocken über die Handlung des Fremden, versuchte zu fliehen, doch ein lauter Schuss ließ sie erstarren. Als sie sich langsam umdrehte, erblickte sie Jaewon, der auf seine Knie gefallen war und sich mit der linken Hand an seine rechte Schulter hielt.

Ein zweiter Schuss ertönte in der Nacht und traf Jaewon in die Brust, der nunmehr in sich zusammenbrach.

Aus einigen Metern Entfernung beobachtete Juhan die schrecklichen Geschehnisse und eilte seinem Bruder zu Hilfe. In diesem Moment offenbarte er dem Fremden durch seine Geschwindigkeit, dass er ebenfalls ein Vampir war. Der Mann zögerte nicht lange und feuerte einen dritten Schuss ab, der nun Juhan in den Bauch traf.

Während er seine Pistole mit neuen Holzgeschossen lud, erklärte er den Brüdern, ein Vampirjäger zu sein, dem bisher noch kein Vampir entkommen war. Er hielt sich deshalb in der Stadt auf, um den Morden ein Ende zu bereiten.

Erneut zielte der Mann auf Juhan, um ihn endgültig zu töten. Plötzlich ertönte ein Schrei in der Dunkelheit und ließ alle drei – Juhan, den Vampirjäger sowie Anna – zusammenzucken. In nächster Nähe erblickten sie einen Polizisten, der mit erhobener Waffe auf sie zustürmte. Juhan handelte so schnell er in seinem verwundeten Zustand konnte und griff den Vampirjäger an. Er brach ihm das Genick und schleuderte dessen Waffe in einen nächstgelegenen Busch.

Dann wandte sich Juhan seinem Bruder zu, besorgt, dass für ihn jede Hilfe zu spät kam.

Anna und der Polizist eilten zu den verwundeten Brüdern und versuchten, ihnen zu helfen. Jaewon war noch am Leben, doch die Holzgeschosse hatten ihn so schlimm verletzt, dass seine Wunden nicht verheilten. Juhan wusste, dass seinem Bruder nur eines helfen konnte.

Er griff nach dem toten Vampirjäger, biss ihn in den Hals und brachte die blutende Wunde über Jaewons Lippen, damit dieser sich an dem Toten laben konnte.

Jaewon verfiel in einen Blutrausch und trank die Leiche blutleer.

Als sich kein Tropfen Blut mehr in dem Vampirjäger befand, schlug er seine Augen auf, die – so schwor Juhan – noch nie zuvor in einem so klaren Rot geglüht hatten. Das Blut genügte Jaewon nicht und so suchte er sich sein nächstes Opfer. Zu Juhans Schrecken sollte das Anna werden.

Juhan beobachtete entsetzt, wie der Vampir die junge Frau angriff, von der er behauptet hatte, er würde sie für immer lieben. Mit der ihm zur Verfügung stehenden Kraft versuchte er, seinen Bruder von seinem Opfer loszureißen, doch seine eigene Verletzung verhinderte das. Jaewon ließ nicht von Anna ab, bis er auch sie vollständig leer getrunken hatte.

Der Polizist war über das Geschehen, das sich vor ihm ereignete, entsetzt und versuchte zu fliehen. Zwar hatte er einigen Vorsprung, da er losgerannt war, als Jaewon sich an dem Vampirjäger labte, letztendlich hatte er jedoch keine Chance gegen einen Vampir im Blutrausch. Der Polizist war durch den Park hindurchgerannt und fast am Ende angelangt, kurz vor den nächsten Häusern, als Jaewon ihn einholte und angriff.

Mit einem lauten Schrei ging der Polizist zu Boden und spürte, wie ihm am Hals das Blut aus den Adern gesogen wurde.

Juhan, der seinen Bruder voller Schrecken beobachtete, bekam Angst davor, dass er einen Amoklauf startet, wenn er nicht bald gestoppt werden würde. Er nahm all seine Kräfte zusammen und schaffte es schließlich, Jaewon zu überwältigen und ihn mithilfe seiner Fähigkeit, die Gravitation zu manipulieren, bewusstlos zu schlagen. Den Polizisten fand Juhan in einem ähnlichen Zustand vor, wie er es einhundert Jahre zuvor bei Seojun gesehen hatte. Deshalb beschloss er, ihn in einen Vampir zu verwandeln. So blieb ihm ein qualvoller Tod erspart.

Anna jedoch hatte nicht so viel Glück. Als Juhan zu ihrem Körper zurückkam, stellte er fest, dass sie verstorben war. Er legte ihre Leiche neben Jaewons bewusstlosen Körper und bettete ihren Kopf in einer natürlichen Position. Als er dies tat, kam Jaewon wieder zu sich.

Völlig außer sich vor Wut über die drei leblosen Körper und die Blutspuren in Juhans Gesicht beschuldigte er seinen Bruder, für den Tod von ihnen, speziell von Anna, verantwortlich zu sein. Juhan brachte es jedoch nicht über sich, Jaewon die Wahrheit zu sagen.

Noch in derselben Nacht verließ Jaewon daher München, ohne Juhan oder Seojun mitzuteilen, wohin er wollte. So ließ er die beiden allein zurück.

Juhan und Seojun beschlossen ebenfalls, nicht länger in München zu bleiben, da es zu gefährlich für sie war. Daher ließen sie die Stadt mit ihrem Serienmörder zurück.

Sie nahmen den Polizisten, dessen Name Haru war, in ihrer Familie auf und ließen nunmehr zu dritt die Stadt München hinter sich. Später fanden sie heraus, dass der Mörder noch fünf weitere Menschen umbrachte und somit

185

auf eine Gesamtzahl von 25 Todesopfern kam. Wer oder was ihn gestoppt hatte, sollten sie allerdings nie erfahren.

Juhan, Seojun und Haru suchten fast 50 Jahre lang nach Jaewon, doch jede Spur, die sie hatten, endete in einer Sackgasse. Etwa einhundert Jahre nach den Geschehnissen in München trafen sie auf Kimoon, der bereits ein Vampir war, und auf Chris, einen jungen Baseballspieler.

Anders als bei Seojun und Haru war Chris jedoch nicht einem Vampir zum Opfer gefallen, als er auf Juhan traf, sondern litt an einer tödlichen Krankheit. Aus diesem Grund beschloss Juhan, ihn nur zu einem Halbvampir zu machen, der weiterhin ins Sonnenlicht treten konnte.

Die Familie, die nun aus insgesamt fünf Vampiren bestand, lebte nun 60 Jahre lang friedlich miteinander und reiste um die ganze Welt. Unwissend, dass hier in Gangnam, Seoul, Südkorea, ihr Vertrauen ineinander auf eine harte Probe gestellt werden würde.

## Kapitel 44

Juhan beendete seine Erzählung und es war lange Zeit still auf der Straße, bis Jaewon sich zu Wort meldete.

„Du lügst!", war das Erste, das Jaewon nach einer langen Pause brüllte.

„Ich lüge nicht", sagte Juhan mit gequälter Stimme. „Du hast Anna in einem Blutrausch getötet und ich konnte dich nicht davon abhalten."

„Das ist nicht wahr!", rief Jaewon entsetzt.

„Es ist die Wahrheit", bestätigte Seojun und trat Jaewon entgegen. „Ich habe Juhan damals angefleht, dir die Wahrheit zu sagen, damit du zu uns zurückkommst ... Aber wir konnten dich nicht finden."

Jaewon blickte Seojun an. „Ich glaube das alles nicht!", rief er verzweifelt. Er griff sich mit beiden Händen an den Kopf und schwankte einen Schritt zurück. „Ihr wollt mich nur verwirren, damit ich von meiner Rache absehe!", sagte er dann und deutete mit einem Finger auf Juhan. „Du willst doch nur, dass ich deinen geschätzten Menschen nicht töte!"

„Ich will, dass du endlich verstehst, dass das grundlose Töten von Menschen ein Ende haben muss. Es bringt doch niemandem etwas", sagte Juhan mit sanfter Stimme. „Was in München passiert ist, war ein Unfall. Niemand trägt dafür Schuld. Wenn du jemandem die Schuld geben willst, dann gib sie dem Jäger, der uns angeschossen hat! Oder dem Vampir, der 25 Leute umgebracht hat und überhaupt der Grund war, weshalb wir alle in München gewesen sind." Während Juhan auf Jaewon einredete, sah er aus dem Augenwinkel, dass Kimoon und Chris stumm miteinander kommunizierten. Er konzentrierte sich weiterhin auf seinen kleinen Bruder und achtete nicht mehr auf die beiden. „Niemand hätte ahnen können, dass es für uns alle so endet. Und dass Anna sterben würde." Chris setzte sich in Bewegung und schlich sich hinter Jaewon. „Jaewon, die Tragödie von damals muss sich nicht wiederholen. Du kannst hier einfach aufhören und deine Rache sein lassen", sagte Juhan noch immer mit sanfter Stimme. Er trat ein paar Schritte auf Jaewon zu. „Es ist nicht nötig, Minsoo zu töten. Dabei würde nichts Gutes herauskommen. Du würdest dich nur noch schlechter fühlen, weil deine Rache dir nichts bringt."

In diesem Moment schlug Chris zu. So schnell er konnte, sprang er auf Jaewon zu und griff nach Yujun, der zu seinen Füßen lag. Er eilte mit dem Menschen außer dessen Reichweite und sprang mit ihm auf das nächstgelegene Dach. Jaewon blickte dem Halbvampir, erschrocken über seine Handlungen, nach. Chris blickte sich kurz um, ob er verfolgt wird, und verschwand dann mit Yujun in die Nacht.

Dann wandte sich Jaewon wieder seinem Bruder zu. „War das etwa dein Plan?", fragte er wütend. „Mich abzulenken, damit deine *Familie* die Menschen retten kann?" Jaewon spie das Wort Familie regelrecht aus. Er verhöhnte ihren Bund, da Juhan selbst seinen eigenen Bruder verraten hatte. „Erzählst du mir eine Story, nur damit du deinen Geliebten retten kannst?"

„Ich erzähle dir keine Geschichten", sagte Juhan. „Es ist alles wahr, was ich dir heute Nacht gesagt habe."

Doch Jaewon wollte nichts mehr von dem hören, was sein Bruder mitzuteilen hatte. Er schüttelte den Kopf und blendete dessen Stimme aus. Er wollte das alles nicht mehr hören. Er wurde von ihm angelogen. Juhan wollte ihn doch nur von seinem Rachefeldzug abbringen, doch das würde er nicht schaffen. Jaewon hatte lange auf diesen Moment gewartet. Auf den Moment, in dem Juhan dasselbe für einen Menschen fühlen würde, wie Jaewon für Anna empfunden hatte. Er hatte sich vor mehr als 160 Jahren geschworen, dass

**188**

sein Bruder denselben Schmerz verspüren musste, wie er es getan hatte.

Viele Jahre beobachtete Jaewon die Gruppe und folgte ihnen im Stillen, in der Hoffnung, dass sie sich lange genug an einem Ort niederlassen würden, damit Juhan Gefühle für jemanden entwickelt. Doch niemals hat sein Bruder ernsthaftes Interesse an einem Menschen gezeigt, weshalb Jaewon seinen Plan änderte. Er hatte dabei nicht erwartet, dass es am Ende der Polizist sein würde, den er daran ansetzte, Juhan für die Morde zu verdächtigen.

Es war alles so einfach gewesen. In einem unachtsamen Moment stahl er Juhans Ring und platzierte ihn am Tatort beim ersten Opfer. Und von da an nahm alles seinen Lauf. Das Einzige, was Jaewon noch tun musste, war hier und dort mal ein Opfer liegen zu lassen. So begann Minsoo, Juhan zu verdächtigen. Es war für Jaewon amüsant gewesen, die fünf Vampire zu beobachten und zu sehen, wie sie ihr Vertrauen in seinen Bruder langsam verloren. Genau das, was er geplant hatte. Währenddessen wuchs Juhans Interesse am Hauptkommissar rasant. Doch Jaewon war sich erst über Juhans Gefühle sicher, als er Minsoo angegriffen hatte. So beschützend kannte er seinen Bruder nur, wenn es um seine Familie ging.

Er beobachtete, wie Juhan einen Schritt rückwärtsging und seine Hand besorgt nach Minsoo ausstreckte. Dieser nahm sie bereitwillig in seine. Auf Minsoos Gesicht zeichnete sich eine Erleichterung ab, die Jaewon noch wütender machte. Dieser Mensch fühlte sich viel zu wohl in der Gegenwart dieses Vampirs.

## Kapitel 45

Juhan beobachtete seinen kleinen Bruder mit Argusaugen. Nervös stellte er fest, dass Jaewon in seinen Gedanken unterging und immer tiefer sank. Er hörte nicht mehr auf ihn und jeglicher Versuch, seinen Bruder davon zu überzeugen, dass seine Rache zwecklos ist, war vergeblich.

Aus diesem Grund durfte Juhan keine Bewegung verpassen, konnte doch der Bruchteil einer Sekunde über Leben und Tod entscheiden. Er wich wieder zurück und streckte seinen Arm aus, auf der Suche nach Minsoo. Als er dessen Hand in seine nahm, veränderte sich plötzlich der Ausdruck in Jaewons Gesicht.

Er war nicht mehr verzweifelt und verwirrt. Blanke Wut stand ihm nun ins Gesicht geschrieben.

Jaewon bewegte sich schnell, schneller als Juhan erwartet hatte. Er sah zu, wie sich sein jüngerer Bruder bückte, einen Stein hochhob und ihn in seine und Minsoos Richtung schleuderte.

Diese Handlung war so schnell, dass sie mit dem menschlichen Auge nicht erkennbar war.

Juhan reagierte nicht rasch genug. Der Stein flog direkt auf Minsoo zu, traf ihn oberhalb der rechten Schulter, durchbohrte sein Fleisch und trat auf der Rückseite wieder aus.

Blut spritzte aus der Wunde, noch bevor Minsoo realisiert hatte, was soeben passiert war. Doch eine Sekunde später spürte er den höllischen Schmerz, der von seiner Schulter ausging. Er griff sich an die Wunde und stürzte mit einem lauten Schmerzensschrei auf die Knie. Minsoo zog seine Hand weg, die ganz nass war. Schockiert über die Menge an Blut, die aus der Wunde austrat, presste er seine Hand wieder auf seine Schulter und blickte auf.

Jaewon würdigte nicht einmal sein eigenes Werk. Mit einem hämischen Grinsen im Gesicht starrte er Juhan an. Dann wandte er sich Minsoo zu.

„Glaubst du im Ernst, du bist in Sicherheit, wenn du neben einem Vampir stehst?", lachte Jaewon. Er hatte Juhan lange genug beobachtet, um zu wissen, dass dieser seit Wochen kein Blut mehr direkt von einer Vene getrunken hatte. Kimoon, dessen Fähigkeit es war, den Aggregatszustand von Flüssigkeiten zu manipulieren, konnte darauf verzichten, sich direkt an Menschen zu laben. Doch für einen alten Vampir, wie es Juhan war, konnten die Blutkugeln die Befriedigung, die ein Vampir von warmem Blut auf seinen Lippen gewann, trotz allem nicht ersetzen.

Minsoo drehte sich zu Juhan um und erkannte mit Schrecken, dass sein eigenes Blut ihm direkt ins Gesicht gespritzt war. Frische Blutstropfen befanden sich auf dem Hals, seiner Kleidung und quer über seinem Gesicht. Juhans rot glühende Augen waren auf Minsoos Hand gerichtet, dessen Blut zwischen seinen Fingern im Rhythmus seines Herzschlags pochte. Plötzlich lugten Juhans Fangzähne über seine Unterlippe hervor. Der Duft des Blutes stieg ihm in die Nase und machte all seine Versuche in den letzten Minuten zunichte, seinen Blutdurst zu ignorieren.

Der Durst danach war so stark und zugleich schmerzhaft. Es fühlte sich an, als würde jemand ein glühendes Eisen in seinen Rachen rammen. Nur eines konnte den Durst stillen. Nur eines konnte sein Verlangen befriedigen. Nur eines konnte all die Schmerzen lindern: das Blut, das über Minsoos Arm lief und verschwenderisch zu Boden tropfte.

Juhan hörte, wie Minsoos Herz laut zu pochen begann. Oder hat es erst jetzt begonnen, schneller zu schlagen? Möglicherweise hat sich seine Frequenz nicht erhöht und Juhan nahm es im Moment nur viel stärker wahr.

Sein Mund trocknete aus, während er beobachtete, wie das warme Blut über Minsoos Haut floss. Er leckte über seine Lippen, um sie zu befeuchten. Die Versuchung war direkt vor seinen Augen, zum Greifen nah.

Poch-poch. Poch-poch. Poch-poch.

Wieder wurde Minsoos Herzschlag schneller. Diesmal war Juhan sich sicher, dass er es sich nicht eingebildet hatte. Das Herz dieses Menschen bettelte darum, dass er sich an dessen Blut laben soll, so schnell pumpte es den roten Lebenssaft aus seinen Adern.

Juhan beugte sich hinab zu dem Menschen. Er griff nach dessen Hand und zog sie von der Wunde an seiner Schulter weg. Zwar spürte er den Widerstand des Menschen, doch dessen Kraft war lächerlich im Gegensatz zu seiner eigenen. Nicht einmal der stärkste Mensch der Welt hätte eine Chance, sich gegen ihn zu wehren.

Das Blut, das die Hand des Menschen rot gefärbt hatte, lief nun auch über Juhans Hand den Arm hinunter bis zu seinem Ellenbogen, wo es auf den Boden tropfte. Feine Linien zogen sich über Juhans Arm und malten ein wunderschönes Bild im Kontrast zu seiner bleichen Haut.

Fasziniert von dieser Schönheit ließ er die Hand des Menschen los und betrachtete seinen Arm.

Dann wandte Juhan seinen Blick wieder der Wunde und dem pulsierenden Blut zu. Er wusste, was er tun musste – nein, was er tun wollte. Es war viel zu lange her …

Juhan war ein Vampir. Auch wenn er sich in der Vergangenheit geschworen hatte, niemanden unnötig zu töten, so benötigte er dennoch das Blut der Menschen zum Überleben. Würde er sich nicht laben, müsste er nichtsdestotrotz unerträgliche Schmerzen erleiden. Schlimme Schmerzen, noch viel schlimmere als die, die er im Moment in seiner Kehle verspürte.

Juhan zögerte daher nicht länger. Er griff nach dem Genick des Menschen und führte dessen Wunde an seiner Schulter an seine Lippen.

## Kapitel 46

Jaewon betrachtete zufrieden sein Werk. Juhan, vom Blutdurst geleitet, vergaß völlig, wer vor ihm stand und wessen Blut er bereit war zu trinken.

Doch Jaewon wusste auch, dass sein Bruder zu viel Selbstkontrolle hatte, um Minsoo tatsächlich zu töten. Es würde daher nicht lange dauern, bis er sich zurückziehen würde.

Dieser kurze Moment der Ablenkung genügte Jaewon.

Er konnte nicht darauf zählen, dass Juhan den Menschen selbst töten würde. Aber er konnte sich darauf verlassen, dass das Blut ihn ablenken würde. Und genau das war Jaewons Chance.

Aus diesem Grund wartete er, bis Juhan völlig in seinem Blutdurst versunken war, bevor er handelte. Als sich Jaewon sicher war, dass sein Bruder sein Umfeld nicht mehr wahrnahm, setzte er sich in Bewegung. Sein Ziel: Minsoos Herz.

Jaewon hatte nicht die Zeit, Minsoos Blut auszusaugen, da er von mehreren Vampiren beschützt wurde. Wenn allerdings Juhan außer Gefecht setzen würde, gäbe es niemanden mehr, der ihn von seinem Vorhaben abhalten könnte: Minsoos Herz herauszureißen.

Doch in dem Moment, als Jaewon sich in Bewegung setzte, bewegten sich auch die anderen drei Vampire, die um ihn herumstanden. Seojun rammte Jaewon von der Seite und warf ihn aus seinem Kurs. Dieser stolperte und fing sich mit einer Hand am Boden ab. Er blickte Seojun wütend an, der insgeheim nicht erwartet hatte, Juhans Bruder aus der Bahn werfen zu können. Jaewon gab nicht auf und setzte erneut an, Minsoo zu erreichen, doch dieses Mal stellte sich ihm Kimoon in den Weg. Dieser griff nach seinem Arm und benutzte Jaewons eigenen Schwung dazu, um ihn von Minsoo wegzubringen. Ein weiterer Versuch des Vampirs wurde vereitelt, als sich Haru und Seojun ihm in den Weg stellten und eine Mauer vor Minsoo und Juhan bildeten. Jaewon zögerte nicht und holte aus, um Seojun brutal ins Gesicht zu schlagen, doch der Vampir wich ihm gekonnt aus. Dies gab Haru wiederum die Möglichkeit, Jaewon einen Schlag in die Rippen zu verpassen. Durch diese Wucht wurde er ein paar Meter nach hinten geworfen. Dabei landete Jaewon auf allen Vieren und starrte die drei Vampire verärgert an, die beschützend eine Mauer zwischen ihm und dem Menschen bildeten.

Weder Minsoo noch Juhan bekamen etwas von dem Kampf mit, der um sie herum tobte. Es war ein Kampf, der kaum mit dem bloßen Auge eines Menschen verfolgt werden konnte.

Für einen Moment bekam es Minsoo mit der Angst zu tun, als er Juhans rot glühende Augen gesehen hatte, und das Lecken seiner Lippen bei dem Anblick seines Blutes machte es nur noch schlimmer. Für den stark blutenden Minsoo war es äußerst angsteinflößend, neben einem Vampir zu sitzen, dem es anzusehen war, dass er seit Wochen kein frisches Blut getrunken hatte.

Seine Fluchtinstinkte wurden geweckt, als Juhan sich zu ihm hinkniete und seine Hand von der Wunde wegzog. In dem Moment konnte sich Minsoo jedoch nicht von der Stelle bewegen, auch wenn er es gewollt hätte. Sein schwacher Widerstand gegen die Kraft des Vampirs war zwecklos und er wusste insgeheim, dass eine Flucht ebenso unmöglich war.

Juhan war von einem Blutdurst erfüllt und Minsoo ahnte bereits, dass er ihm zum Opfer fallen würde.

Aber er wusste auch, dass Juhan ihm nichts antun *wollte.* Der Vampir hatte in den vergangenen Wochen viele Möglichkeiten gehabt, Minsoos Blut zu trinken. Sie waren tatsächlich mehrere Male allein gewesen, doch Juhan hatte es nicht einmal versucht, ihm irgendetwas anzutun. Er *wollte* es nicht.

Minsoo wusste in diesem Augenblick nicht, was in Juhan vorging und was ihn zu einer solchen Handlung veranlasste. Er hatte keine Ahnung davon, wie stark der Blutdurst eines Vampirs sein konnte, und auch nicht, wie es sich für Juhan anfühlte, so viel Blut zu sehen und nicht widerstehen zu können.

Doch Minsoo wusste auch, dass Juhan ihm nichts antun würde, wenn er bei Verstand gewesen wäre.

Er verbarg daher seine Angst und hob seine rechte Hand. Seine Schulter schmerzte, als er seine Muskeln bewegte, doch diese Hand war deutlich weniger blutverschmiert als seine andere. Minsoo riss sich zusammen, legte die Hand gegen Juhans Gesicht und konzentrierte sich allein auf ihn.

„Juhan!", flüsterte Minsoo und suchte den Augenkontakt. „Juhan!", sagte er lauter und fuhr mit den Fingern durch seine schwarzen Haare an dessen Kopfseite. Der Vampir regte sich nicht. Sein Blick war noch immer auf das Blut fokussiert, das seinen Arm hinabgelaufen war. „Schau mich an, Juhan!", versuchte es Minsoo erneut und schüttelte ihn an seiner Schulter, doch der Vampir war wie aus Stein. Er rührte sich nicht, obwohl Minsoo schon häufig beobachtet hatte, wie geschmeidig Juhans Bewegungen ansonsten waren.

Plötzlich legte der Vampir seine Hand in Minsoos Nacken und führte die Wunde näher an seinen Mund.

## Kapitel 47

„Juhan, ich weiß, dass du das nicht tun willst", sagte Minsoo verzweifelt und schüttelte mit beiden Händen an Juhans Schultern. „Juhan, wach auf!", rief er lauter. *„Bitte!"* Mit allerletzter Kraft versuchte er, den Vampir davon abzubringen, ihn zu beißen. Stattdessen legte Minsoo seine blutverschmierte Hand über Juhans Mund, bevor dessen Zähne seine Haut an seiner Schulter erreichten. Er konnte seine spitzen Fangzähne bereits unter seinen Fingern spüren.

Minsoo ergatterte einen Blick in Juhans vor Überraschung zitternde Augen, bevor dieser seine Lider schloss und Minsoos Finger leckte.

Wie in Trance fuhr Juhan mit seiner Zunge über die Innenseite von Minsoos Hand, die er festhielt, und ließ stattdessen seinen Nacken los. Minsoo spürte jede Bewegung auf seiner sensiblen Haut. Er beobachtete Juhans Gesicht und seinen zufriedenen Ausdruck, der langsam hervorkam. Der Polizist wäre nicht überrascht gewesen, wenn der Vampir wie ein Kätzchen zu schnurren begonnen hätte, so genüsslich leckte er das Blut von seiner Hand ab.

Nach einer Weile schlug Juhan endlich wieder seine Augen auf. Rot glühend trafen sie auf Minsoos. Ohne zu blinzeln starrten sich die Männer an, in ihren eigenen Gedanken versunken. Minsoo erkundete das Rot in Juhans Augen, hinter dem noch immer das warme Braun erkennbar war. Seine langen Wimpern warfen einen Schatten über seine Pupillen, was ihn bedrohlicher wirken ließ. Doch auf Minsoo wirkte Juhan nicht bedrohlich. Er hatte keine Angst mehr vor ihm. Minsoo wusste, dass der Vampir ihm nichts antun wollte.

Der Polizist hob erneut seine freie Hand und legte sie gegen Juhans Gesicht. „Juhan?", fragte er zögerlich, nicht wissend, ob er wieder Herr seiner Handlungen war.

Der Griff um sein Handgelenk wurde von Juhan gelockert, der gleichzeitig auch Minsoos Hand senkte. Die Haut um Juhans Mund war komplett blutverschmiert, doch seine Fangzähne traten nicht mehr über seine Unterlippe hinaus hervor.

Juhan ließ nun Minsoos Handgelenk los und legte seine Hand gegen die Seite seines Halses. „Danke", flüsterte Juhan und presste mit geschlossenen Augen seine Stirn gegen Minsoos. Er fuhr ihm liebevoll mit dem Daumen über die Kieferpartie und atmete ein paar Mal tief durch. Sie verweilten in dieser Position ein paar Minuten, bis Juhan sich wieder völlig beruhigt hatte. Dann zog er sich zurück.

Als sich ihre Augen erneut trafen, war Juhans Ausdruck vollkommen verändert. Minsoo war sich nicht sicher, was in seinem Gegenüber vorging, doch die Art von Blutdurst, die er soeben bezeugt hatte, war es auf keinen Fall.

Juhan wandte sich zur Seite. Seine Aufmerksamkeit galt nun endlich den vier Vampiren, die sich nur wenige Meter entfernt einen erbitterten Kampf mit seinem Bruder Jaewon lieferten.

PENG!

Der Schuss aus einem Gewehr ließ Juhan und Minsoo erschrocken zusammenzucken. Sie standen von ihrer knieenden Position auf und sahen sich um, um herauszufinden, woher dieser Schuss kam.

PENG! PENG!

Zwei weitere Schüsse fielen und Schmerzensschreie hallten durch die Nacht.

## Kapitel 48

Minsoo blickte sich panisch auf der Suche nach dem Schützen um. Weitere Schüsse fielen und Juhan drückte ihn wieder zu Boden, um ihn mit seinem Körper zu schützen. Um sie herum ertönten Schreie. Schreie von Menschen, die in den umliegenden Straßen waren und panisch von dem Schützen wegzurennen versuchten. Doch sie hörten auch solche, die eindeutig von quälenden Schmerzen kamen. Diese Schreie waren wesentlich näher als die anderen.

„Siehst du den Schützen?", fragte Juhan, doch Minsoo schüttelte mit dem Kopf. In ihrer Straße befanden sich nur er und die fünf Vampire.

„Juhan!", rief plötzlich Kimoon. Die beiden blickten sich zu ihnen um.

Kimoon und Haru knieten über zwei Gestalten, die am Boden lagen. Ihre ganze Aufmerksamkeit galt nicht mehr dem Schützen, sondern den Vampiren. Juhan griff nach Minsoos Handgelenk und plötzlich saßen sie neben Kimoon und einem blutenden Seojun. Kimoon presste seine Hände auf Seojuns Bein, aus dem Blut strömte.

„Ich … ich kann den Blutfluss nicht stoppen!", rief Kimoon panisch. „Meine Kräfte wirken nicht an Vampiren!"

Minsoo zögerte nicht. Er öffnete seinen Gürtel, zog ihn aus den Schlaufen seiner Hose, band ihn um Seojuns Bein oberhalb der Wunde und zog ihn fest. Der Polizist bedeutete Kimoon, den Gürtel zu halten, bis das Blut nicht mehr aus dessen Wunde trat. Erst als er sich sicher war, dass die Methode wirkte, blickte er auf.

Ein paar Meter daneben befand sich Haru über Jaewon gebeugt, der verzweifelt an dessen Schultern rüttelte, um ihn wachzuhalten.

Juhans Gesicht wurde bleich, als er seine Brüder am Boden liegend sah. Er stand auf und ging in normaler Geschwindigkeit zu Haru und Jaewon hinüber. Als er bei ihnen ankam, kniete er sich neben seinem Bruder nieder und stieß Haru weg. Juhan übernahm indessen das Rütteln an Jaewons Schultern, doch sein Bruder öffnete seine Augen nicht. Bei genauerer Betrachtung von Jaewons Kopf entdeckte Minsoo ein seitliches Einschussloch.

Der Polizist wusste nicht, ob Vampire durch einen Kopfschuss sterben konnten. Wäre Jaewon allerdings ein Mensch, hätte er Juhan davon abgeraten, weiterhin seinen Bruder zu schütteln. Auch wenn er so gut wie nichts über Vampire wusste, ging er nicht davon aus, dass Jaewon noch am Leben war.

Ein weiterer Schuss ertönte und ein Geschoss flog nun über ihren Köpfen hinweg und traf neben Haru auf dem Boden auf. Minsoo sah auf und erkannte das silberne Glänzen eines Gewehrs, das über den Rand eines der vielen Dächer rundherum ragte. Ein Gewehr, das auf Haru, Juhan und Jaewon gerichtet war.

„Pass auf!", rief Minsoo und sprang von seinem Platz auf. Er rannte zu Juhan und erreichte ihn in dem Moment, als ein weiterer Schuss fiel.

Minsoo spürte nichts. Ob es aufgrund der Schmerzen in seiner Schulter war oder von dem Adrenalin, das durch seine Adern floss, wusste er nicht. Er spürte tatsächlich nichts – keinen Schmerz der neuen Wunde in seiner Brust. Was er aber fühlte, war der kalte Asphalt, auf dem er auftraf. Minsoo rollte sich auf den Rücken und ertastete das Loch in seinen Klamotten. Es war verdächtig nahe der Region, in der er sein Herz vermutete. Der Polizist spürte auch, dass er mit einem Mal Schwierigkeiten hatte zu atmen.

Als Minsoo hustete, entkam seiner Kehle ein Schwall von Blut. Er spuckte es aus und fühlte, wie die warme Flüssigkeit an der Seite seines Gesichts nach unten lief.

Juhans Gesicht erschien in seinem Blickfeld. Panisch griff er nach Minsoos Kopf, um sicherzustellen, dass dieser noch atmete.

Minsoo hustete erneut und machte seine Kehle frei von Blut. „Auf …" Er hustete ein weiteres Mal. „… dem Dach", brachte er gebrochen hervor. Juhan blickte sofort auf. Nur eine Sekunde später war er aus Minsoos Blickfeld verschwunden.

Der Polizist starrte in den pechschwarzen Himmel. Keine Sterne waren zu sehen, was ihn jedoch nicht wunderte. In Gangnam sah man für gewöhnlich keine Himmelskörper, da die Seouler die Nacht zum Tag machten. In diesem Moment wünschte sich Minsoo nichts sehnlicher, als Sterne beobachten zu können. So war der schwarze lieblose Himmel das Letzte, was er noch sehen würde, bevor er für immer seine Augen schloss. Die Ränder seines Blickfeldes wurden immer unschärfer, als Minsoo einen weiteren Schwall seines Blutes aushustete. Er hob seine Hand, um das Blut an seinem Mund wegzuwischen, und bemerkte in diesem Moment, dass seine Hand nicht auf ihn hören wollte. Minsoo konnte seinen Arm nicht mehr bewegen.

Während es um ihn herum immer dunkler wurde, hörte er noch zwei weitere Schüsse und einen Schrei, der verdächtig nach Juhans Stimme klang. Minsoo versuchte krampfhaft wach zu bleiben und herauszufinden, was um ihn herum geschah und wo sich Juhan aufhielt. Doch diesen Kampf konnte er nicht gewinnen und wurde bewusstlos.

## Kapitel 49

Auf Minsoos Hinweis hin blickte Juhan nach oben und entdeckte das Gewehr, das über das Dach eines der angrenzenden Gebäude nach unten gerichtet war. Er zögerte nicht lange und sprang so schnell er konnte hinauf, um den Schützen außer Gefecht zu setzen. Als er sich auf dem Dach umsah, lag das Gewehr herrenlos auf dem Boden. Juhan trat näher und hob es hoch. Der Duft des Schießpulvers lag noch in der Luft.

Bevor sich Juhan weiter umsehen konnte, fielen zwei weitere Schüsse. Der ersten Kugel konnte er zwar noch ausweichen, doch die zweite traf ihn in die Seite. Juhan konnte den Schmerzensschrei nicht unterdrücken. Holzkugeln verursachten eine besondere Art von Schmerz. Eine Art, die Juhan niemals vergessen konnte.

Der Vampir wandte sich um und sah den Jäger auf der anderen Seite des Daches stehen. In seinem ausgestreckten Arm befand sich eine Pistole, die direkt auf ihn gerichtet war.

Der Vampirjäger setzte an, um etwas zu sagen, doch Juhan achtete nicht darauf. Er hatte keine Zeit, um dem Monolog des Bösewichts zu folgen. Minsoo lag im Sterben und er wusste noch immer nicht, ob er seinen Bruder Jaewon noch retten konnte. Zudem war Seojun verletzt und Haru und Kimoon befanden sich ebenso in Gefahr. Seine ganze Familie war in Lebensgefahr.

Es war Juhan daher egal, was Jackson zu sagen hatte. Er war eine Gefahr für ihn und seine Familie. Seinen Schmerz ignorierend eilte er zu dem Jäger. Juhan war jedoch nicht so schnell wie üblich, da die in ihm steckende Holzkugel ihn daran hinderte, seine vollen Kräfte einzusetzen. Doch der Jäger war nur ein Mensch und selbst mit normaler

Vampirgeschwindigkeit war er zu schnell, als dass Jackson darauf hätte reagieren können.

Bevor der Vampirjäger wusste, wie ihm geschah, hatte Juhan bereits seinen Kopf gepackt und sein Genick verdreht. Leblos fiel Jackson zu Boden. Er war auf der Stelle tot.

Juhan hielt sich nicht damit auf, sein Werk zu begutachten. Er eilte zurück zum Boden und kniete neben Minsoo nieder.

„Er hat aufgehört zu atmen", sagte Haru mit schwacher Stimme. „Ich glaube nicht, dass du ihn noch retten kannst."

„Ich muss es versuchen", sagte Juhan verzweifelt. Er biss sich selbst in sein Handgelenk und brachte die Wunde über Minsoos Mund. Das Blut lief an seinen Lippen vorbei und mischte sich mit seinem eigenen Blut, das auf den Boden tropfte. Ein Kloß bildete sich in Juhans Hals. Minsoo regte sich nicht mehr. „Komm schon, Minsoo!", flüsterte Juhan und hob seinen Kopf vom Boden hoch. Er legte ihn auf seine Knie und presste sein Handgelenk erneut auf Minsoos Lippen in der Hoffnung, dass er sein Blut trinken würde.

„Willst du ihn nicht in einen Vampir verwandeln?", fragte Haru besorgt. Der Herzschlag des Menschen wurde immer langsamer. Er war nur noch wenige Momente vom Tod entfernt.

Juhan schüttelte seinen Kopf. Tränen bahnten sich ihren Weg über sein Gesicht, sodass sein Blickfeld verschwamm. Er leugnete nicht, dass er nicht selbst daran gedacht hatte. Im Grunde genommen würde er Minsoo sofort in seine Familie aufnehmen, allerdings war Juhan davon überzeugt, dass er ein solches Leben für sich selbst nicht wählen würde. Der Vampir hatte das Gefühl, dass der vor ihm liegende Mann den Tod wählen würde, wenn er die Chance hätte, sich dazu zu äußern.

Juhan tat daher etwas, das er noch nie zuvor getan hatte. Vorsichtig legte er Minsoos Kopf zurück auf den Asphalt und begann mit der Mund-zu-Mund-Beatmung. Wenn Minsoo sein Vampirblut nicht trinken wollte, würde er ihn auf menschliche Art und Weise dazu bringen, aufzuwachen. Er benötigte dafür nur einen kurzen Moment, und zwar einen, in dem Minsoo sein Blut trinken konnte.

Tränen liefen weiterhin über Juhans Gesicht, als er mit der Herzmassage fortfuhr. Er wagte es nicht, Minsoo aus den Augen zu lassen. Juhan hatte beim Sprung vom Dach nur einen kurzen Blick auf Jaewon erhascht und festgestellt, dass er sich seitdem nicht mehr bewegt hatte. Auch Haru achtete nicht mehr auf ihn. Juhans Annahme bestätigte sich somit, dass sein kleiner Bruder tot war.

In jenem Augenblick wollte sich Juhan nicht darauf konzentrieren. Für Jaewon konnte er nichts mehr tun, aber vielleicht konnte er Minsoo noch retten. Seine Tränen vermischten sich mit dem Blut auf Minsoos Gesicht, als er zwischen der Herzmassage und der Mund-zu-Mund-Beatmung wechselte. Er hatte seinen jüngeren Bruder verloren und würde es nicht überstehen, wenn er auch noch den Verlust von Minsoo beklagten müsste.

Einige Minuten später – Juhan war bereits klar, dass Minsoos Herz nur noch schlug, weil er es rigoros massierte – legte Haru eine Hand auf Juhans Schulter und meinte tröstend: „Es ist sinnlos, Juhan. Er ist tot." Haru sprach Juhans ungewollte Gedanken aus.

„Das ist er nicht", presste er durch seine Zähne hervor und setzte die Herzmassage fort. Immer wieder drückte er gegen die Brust des Menschen in dem Versuch, ihn wiederzubeleben.

„Juhan!", versuchte Haru seine Aufmerksamkeit zu erregen.

„Nein!", sagte Juhan barsch. „Er ist nicht tot! Das erlaube ich nicht!" Er unterbrach die Herzmassage, um erneut zur

Mund-zu-Mund-Beatmung überzugehen. Juhan presste Luft in Minsoos Luftröhre.

Er weigerte sich vehement zu akzeptieren, dass dieser Mensch sich für ihn geopfert hatte und nicht die Augen aufschlug. Solange er weiter versuchte, ihn wiederzubeleben, bestand die Chance, Minsoo zu retten. Solange er nicht aufgab, hatte er noch Hoffnung, dass sich der Polizist regen würde. Solange Juhan hoffte, würde Minsoo nicht sterben.

Doch all seine Versuche waren vergebens.

## Kapitel 50

Schmerzen. Das war alles, was Minsoo fühlte. Höllische Schmerzen, die ihn daran hinderten, sich zu bewegen. Sein ganzer Körper stand in Flammen. So fühlte es sich zumindest an.

Das musste die Hölle sein, dachte Minsoo und fragte sich inständig, was er wohl getan hatte, um das erleiden zu müssen. War es vielleicht die Strafe dafür, weil er es nicht geschafft hatte, seinen letzten Fall früher zu beenden? Rechnete ihm der Teufel auch die Morde des Vampirs an? War er dafür verantwortlich, dass so viele Unschuldige ihr Leben verloren hatten?

Vielleicht hatte Minsoo aber auch in seiner Jugend etwas getan, was ihn in die Hölle gebracht hatte. Etwas, an das er sich nicht mehr erinnerte.

Egal was es war, Minsoo hatte nicht erwartet, dass es hier so schmerzhaft sein würde und er es daher nicht wagte, seine Augen zu öffnen.

Plötzlich drang ein Geräusch an seine Ohren.

Das musste das Rauschen des Höllenfeuers sein, war sich Minsoo sicher. Es wütete um ihn herum, leckte an seinem Körper, fraß an seinem Fleisch und verursachte aufgrund dessen diese höllischen Schmerzen. Jetzt ergab es auch für Minsoo Sinn, warum sie so genannt wurden. So heftige Schmerzen musste er noch nie in seinem Leben ertragen.

Während er dem Rauschen des Feuers lauschte und verzweifelt versuchte, sich nicht zu bewegen, wurde er langsam klarer im Kopf. Er dachte über seine Situation nach. Warum sollte ausgerechnet er wegen den Morden, die ein Vampir und nicht er verübt hat, in der Hölle landen?

Da musste doch ein Fehler passiert sein! Er hatte es definitiv nicht verdient, in die Hölle zu kommen.

Und überhaupt: War das wirklich das Lodern eines Feuers, das er die ganze Zeit hörte?

Minsoo stutzte, als er das Geräusch eines Autos wahrnahm. Das klang definitiv nicht nach der Hölle.

Er riss die Augen auf und sah Dunkelheit. Als Minsoo zwei Mal blinzelte und sich seine Augen an die Dunkelheit gewöhnt hatten, erkannte er eine weiße Decke mit einer Lampe über ihm, die ihm ungewöhnlich vertraut vorkam. War das möglich? Er befand sich tatsächlich in seinem eigenen Schlafzimmer.

Es war dunkel im Raum, lediglich die Straßenlaternen spendeten Licht durch die Fenster.

Er setzte sich langsam auf, doch sobald er seine Muskeln bewegte, stöhnte er vor Schmerzen auf.

Vorsichtig tastete Minsoo seine Brust mit der linken Hand ab, da seine rechte Schulter ebenfalls schmerzte. Ein dicker Verband war um seinen Oberkörper gewickelt.

Dann stieß er erschrocken Luft aus. Plötzlich erinnerte er sich an alles, was passiert war.

Erneut setzte er an sich aufzusetzen, doch bevor er sich durch den Schmerz kämpfen konnte, lag auf einmal eine Hand auf seiner gesunden Schulter und drückte ihn wieder in die Laken. Als er seinen Kopf nach rechts drehte, erschien Juhan in seinem Blickfeld.

„Bleib liegen, du bist noch immer schwer verletzt", sagte der Vampir mit leiser Stimme. Er setzte sich neben Minsoo auf das Bett und beobachtete den Verletzten. Minsoo wiederum betrachtete Juhan.

Er sah gut aus. Seine Haare waren gerichtet, das Gesicht gewaschen und ein kleines Lächeln zierte seine Lippen. Dieses Lächeln erreichte jedoch nicht Juhans Augen. Diesmal waren sie nicht zu Halbmonden geformt.

Auch wenn Juhan sein Gesicht gewaschen hatte, so zeugten seine Klamotten noch immer von dem Kampf, den sie beide hinter sich hatten. Juhans Hemd war von oben bis unten blutverschmiert. Das meiste davon war wohl Minsoos Blut.

„Geht es dir gut?", fragte Minsoo mit schwacher Stimme. Er räusperte sich. „Was ist passiert?"

„Es ist vorbei", sagte Juhan und wich Minsoos Blick aus. Er sah ihm nicht in die Augen, als er hinzufügte: „Der Jäger ist tot."

„Gut", sagte Minsoo und legte seinen Kopf zurück in das Kissen. „Gut", seufzte er erneut.

Das brachte Juhan dazu, Minsoo wieder anzusehen. „Das ist gut?", fragte er verwirrt.

„Ja", antwortete er erschöpft.

„Aber ich habe ihn getötet", gab Juhan zu.

„Das habe ich mir gedacht", sagte Minsoo.

„Es stört dich nicht, dass ich einen Menschen getötet habe?", fragte Juhan argwöhnisch.

„Du hast dich und deine Familie verteidigt", antwortete Minsoo und schloss die Augen. Seine Brust schmerzte, wenn er atmete, noch mehr, wenn er sprach. „Selbstverteidigung ist kein Verbrechen."

Das brachte Juhan zum Glucksen. „Du bist ein merkwürdiger Mensch", meinte der Vampir. Als Minsoo seine Augen wieder öffnete, sah er endlich wieder, dass ihn Juhan aus zwei Halbmonden anlächelte. Auch Minsoo lächelte nun, stöhnte jedoch gleich darauf vor Schmerzen auf.

„Hast du starke Schmerzen?", fragte Juhan. Der Polizist nickte nur mit geschlossenen Augen.

„Kannst du nichts dagegen tun?", fragte Minsoo schließlich. „Das letzte Mal hast du mich auch komplett geheilt."

208

„Ich könnte", sagte Juhan und Minsoo schlug die Augen wieder auf. „Du hast aber nur ein paar Schluck getrunken, als du bewusstlos warst. Im Grunde genommen brauchst du mehr Blut, um vollständig zu heilen. Aber ..."

„Aber was?", fragte Minsoo neugierig und stützte sich mit seinem linken Arm ab, um sich aufzusetzen. Er scheiterte kläglich. Juhan half ihm, indem er sein Kissen zurechtrückte, damit sich Minsoo an der Wand anlehnen konnte.

Der Vampir schwieg einen Moment, in dem er Minsoos Augen erkundete.

„Du müsstest mein Blut trinken, Minsoo", sagte Juhan dann leise, „während du bei Bewusstsein bist."

„Oh!", machte Minsoo und sah auf seine Hände hinab. Er gab zu, dass er nicht gerade scharf darauf war, den roten Lebenssaft zu probieren. Allerdings machten ihm die Schmerzen in seiner Brust ziemlich zu schaffen. „Wie ... wie schmeckt Blut eigentlich?", fragte er dann.

Juhan sah Minsoo abschätzend an. „Ich bin mir sicher, dass es für mich anders schmeckt als für dich. Ich erinnere mich nicht daran, wie irgendetwas geschmeckt hat, bevor ich zum Vampir wurde", sagte Juhan. „Es ist zu lange her."

„Warte!", sagte Minsoo dann, als ihm etwas einfiel. „Wie alt bist du denn eigentlich?"

„Ich bin 24 Jahre alt", grinste Juhan. Dann nahm er seinen Ring vom Finger und gab ihn Minsoo in die Hand. Dieser betrachtete den Ring erneut. Er hatte ihn schon so oft angesehen und wusste genau, was darauf stand.

XV · I · MDCLXV

„15. Januar 1665", las Minsoo vor und wurde bleich. Plötzlich machte es Klick. Juhan nickte.

„Ich bin 24 Jahre alt, seit 1665", erklärte Juhan. „An diesem Tag wurde ich zum Vampir."

Minsoo rechnete schnell im Kopf nach und keuchte bestürzt. „Du bist 383 Jahre alt?" Juhan nickte erneut. „Wow."

Er gab dem Vampir den Ring zurück, der ihn sich an seinen Finger zurücksteckte.

Minsoo erinnerte sich plötzlich an etwas und musste lachen. Ein Lachen, das er sofort aufgrund des stechenden Schmerzes in seiner Brust bereute.

„Was ist los?", fragte Juhan.

„Mir ist gerade etwas eingefallen", antwortete Minsoo belustigt. „Kannst du dich noch daran erinnern, als wir uns kennengelernt haben und Yujun meinte, dass ihr gar nicht so viel jünger seid als wir? Wie falsch er damit doch gelegen hat."

Auch Juhan musste lachen und griff sich sofort mit schmerzverzogenem Gesicht an die Seite. „Mir fällt das Lachen wohl auch schwer", sagte er dann mit einem entschuldigenden Lächeln.

„Was ist passiert?", fragte Minsoo und zog Juhans Hemd zur Seite. Auch er hatte an der Seite einen Verband.

„Das ist nur eine Schusswunde, die mir der Jäger verpasst hat", sagte Juhan und zog Minsoos Hand weg, um den Verband mit seinem Hemd zu verdecken. „Das heilt wieder."

„Dauert das bei dir etwa länger?", fragte Minsoo. Aus den Erzählungen und Filmen über Vampire hatte er erwartet, dass deren Wunden schneller heilten.

„Nein", antwortete Juhan und strich behutsam über Minsoos Finger zwischen seinen großen Händen. Er hatte den Blick gesenkt, sodass er ihn nicht ansehen musste. „Das ist deshalb so, weil ich zu lange kein Blut getrunken habe. Zumindest nicht direkt von der Vene."

„Heilt es schneller, wenn du mein Blut trinkst?", fragte Minsoo sofort und Juhan blickte überrascht auf.

„Ja." Juhan stockte. „Ich meine nein. Du bist viel zu schwach dafür. Wenn ich dein Blut jetzt trinke, könnte ich dich töten."

„Ich vertraue dir", erwiderte Minsoo. Ihre Blicke kreuzten sich und Juhan erkannte in Minsoos Augen, dass er es wirklich ernst meinte. Der Vampir schüttelte seinen Kopf. Er vertraute sich selbst nicht. Vor allem deswegen nicht, weil er Minsoo in seinem Blutrausch fast gebissen hätte. „Lass mich das für dich tun!"

„Du hast genug für mich getan", entgegnete Juhan. „Du hast eine Kugel für mich abgefangen und wärst dabei selbst fast gestorben."

„Ich bin aber nicht tot, wie du siehst", erwiderte Minsoo und hob seinen Arm. Er hielt ihn Juhan entgegen. „Ich möchte nicht, dass du wegen mir Schmerzen erleiden musst."

„Das macht mir nichts aus", meinte Juhan und drückte Minsoos Arm wieder hinab. „Es würde mir viel schlechter gehen, wenn du wegen mir erneut in Lebensgefahr schweben würdest."

„Dann heilst du mich eben", schlug Minsoo vor. „Ich trinke dein Blut und du meins. So helfen wir uns gegenseitig."

Juhan schwieg einen Moment ob dieses Vorschlags. Die Überraschung stand ihm regelrecht ins Gesicht geschrieben.

„Bist du dir absolut sicher?", fragte er dann leise. „Ich würde dir gern mein Blut geben, aber es zu trinken ist nicht dasselbe, wie Wasser zu sich zu nehmen."

„Das ist mir bewusst", sagte Minsoo und hob erneut seinen Arm. Er hielt ihm sein Handgelenk entgegen, um Juhan zu ermutigen, sich daran zu laben.

Der Vampir zögerte. Er wartete darauf, dass Minsoo seine Meinung änderte, doch sein Blick verriet keinen Zweifel. Er war sich sicher, dass dies das war, was er tatsächlich wollte.

Juhan blickte Minsoo tief in die Augen, als er sein eigenes Handgelenk an seinen Mund führte und hineinbiss. Seine Fangzähne rissen seine Haut auf und Blut trat heraus. Er schmeckte es auf seiner Zunge und zog sein Handgelenk wieder weg. Langsam, sodass Minsoo genug Zeit hatte, sich dafür oder dagegen zu entscheiden, reichte er ihm seinen Arm. Der Polizist griff danach, presste seine Lippen gegen Juhans Haut und sog zögerlich das Blut in seinen Mund. Als er es schluckte, schloss er für einen Moment die Augen und sah dann Juhan erwartungsvoll an.

Der Vampir spürte, wie ihm das Blut aus den Adern gesogen wurde. Ein Gefühl, das völlig neu für ihn war und ihn dazu veranlasste, selbst nach Blut zu lechzen.

Juhan griff nun nach Minsoos Hand und stieß seine Fangzähne in sein Handgelenk. Das warme Blut trat sofort hervor und benetzte Juhans Zunge. Genüsslich schloss er für einige Sekunden die Augen und saugte an der Wunde. Minsoos Lebenssaft erfüllte ihn und gab ihm die Befriedigung, die er sich seit Wochen verwehrt hatte.

Er öffnete seine Augen und sah, wie Minsoo ihn beobachtete. Der Mann, der gerade sein Vampirblut trank.

## Kapitel 51

Die Schmerzen verblassten, während Minsoo Juhans Blut trank. Er spürte ein Kribbeln in seiner Brust und an der Schulter und vermutete, dass sich nun die Wunden schlossen. Es war ein merkwürdiges Gefühl.

Noch merkwürdiger war die Tatsache, dass Minsoo es genoss, Juhans Blut zu trinken. Im ersten Moment hatte er das Gefühl, würgen zu müssen, doch er zwang sich dazu weiterzutrinken. Nach ein paar Schlucken bemerkte er den metallischen Geschmack nicht mehr. Das warme Blut rann über seine Zunge und verursachte ein Geschmackserlebnis, das Minsoo verwirrte. Er konnte nicht deuten, wonach Juhans roter Saft schmeckte, allerdings war er sich sicher, dass es anders als das Blut eines Menschen mundete.

Minsoo blickte in Juhans Augen, als sie sich aneinander labten und ihr Blut teilten. Mit jedem Schluck wurden die Augen des Vampirs heller und heller, bis sie ein glühendes Rot erreichten. Dieses Mal konnte Minsoo nicht mehr das dunkle Braun in ihnen erkennen. Es war fast so, als hätte sich sein Blut in Juhans Iris gesammelt. Ein wunderschöner Anblick.

Juhan ließ zuerst von Minsoos Handgelenk ab und leckte mit der Zunge über die restlichen einzelnen Blutstropfen, die aus der Wunde austraten. Auch Minsoo ließ von Juhans Handgelenk ab. Beide beobachteten, wie sich ihre Wunden wieder schlossen.

Als keine Anzeichen der Bisse mehr in ihrer Haut vorhanden waren, strich Minsoo mit dem Daumen über Juhans Handgelenk. Die Narbe, die er vor einigen Wochen schon gesehen hatte, war nun deutlich sichtbar.

„Erzählst du mir jetzt, was hier passiert ist?", fragte Minsoo und sah zu Juhan auf. Dessen rot glühende Augen trafen auf seine.

„Ich habe nicht versucht, mich umzubringen", sagte Juhan und zeigte Minsoo auch sein anderes Handgelenk. Auf dieser Seite befand sich eine ähnliche Narbe an der gleichen Stelle. „So wurde ich zum Vampir. Auf diese Weise wurden wir alle zu einem Vampir."

„Wie meinst du das?", fragte Minsoo verwirrt. „Werde ich jetzt auch einer?"

Juhan lachte kurz auf. „Nein, keine Sorge. Du wirst nicht zum Vampir." Er griff nach Minsoos Händen und strich mit seinem Daumen über dessen Finger. „Man wird nur zum Vampir, wenn man direkten Blutkontakt hat und sein Blut mit einem Vampir austauscht. Es geschieht nicht über das Trinken. Der Vampir, der damals unser Dorf angegriffen hatte, hat mir und sich selbst die Pulsadern aufgeschlitzt und unsere Wunden aufeinandergepresst. Ich habe gespürt, wie mein Blut in seinen Körper überging und seines in meinen Körper eindrang. Als der Blutaustausch komplett war, war ich ein Vampir."

„Warum sind sie dann nicht komplett verheilt und haben Narben hinterlassen?", fragte Minsoo.

Juhan zuckte mit den Schultern. „Ich weiß es nicht. Vielleicht sind sie nicht komplett verschwunden, weil diese Narben mich zum Vampir gemacht haben. Die Wunden meiner Brüder sind auch vernarbt."

Minsoo nickte und sah auf ihre Hände hinab. Schweigen machte sich im Zimmer breit. Mit einem Mal fühlte sich Minsoo unwohl. Er traute sich nicht, Juhan danach zu fragen, was tatsächlich passiert war. Eigentlich konnte er sich ausmalen, dass Jaewon, Juhans kleiner Bruder, wohl nicht mehr am Leben war, doch sicher war er sich nicht. Trotzdem vermied er es, danach zu fragen.

Dann erinnerte sich Minsoo an das vorherige Gespräch, in dem ihm Juhan versichert hatte, dass es vorbei war. Aber was genau meinte er damit?

„Was habt ihr jetzt vor?", fragte Minsoo schließlich und sah den Vampir wieder an.

„Wir werden die Stadt verlassen", sagte Juhan traurig. „Es ist zu gefährlich für uns, länger hierzubleiben."

„Aber –", setzte Minsoo an, doch Juhan unterbrach ihn.

„Du wirst mich heute zum letzten Mal sehen. Morgen Nacht verlassen wir Seoul."

„Wann kommt ihr wieder zurück?", fragte Minsoo. Juhan lächelte ihn traurig an. Er legte eine Hand gegen Minsoos Wange und strich liebevoll mit seinem Daumen über seine Lippen. Juhan beugte sich vor und presste mit geschlossenen Augen seine Stirn sanft gegen Minsoos. Er atmete ein paar Mal tief ein, bevor er sich wieder zurückzog und sein Gesicht losließ.

Juhan stand auf und entfernte sich aus Minsoos Reichweite.

„In deinen Lebzeiten werden wir nicht mehr zurückkehren", sagte Juhan mit leiser Stimme und steckte seine Hände in die Hosentaschen. „Ich werde heute Nacht noch Wache halten, um sicherzustellen, dass dir nichts passiert. Dabei wirst du mich nicht mehr sehen."

„Nein, warte!", rief Minsoo und beeilte sich aufzustehen. Er hörte noch ein „Lebe wohl!", bevor er seine Schlafzimmertür erreichte. Im Flur seiner Wohnung war niemand mehr zu sehen. Minsoo eilte weiter zur Wohnungstür, hinaus ins Treppenhaus, und rannte hinunter auf die Straße. Niemand war dort.

„Du kannst doch nicht einfach so verschwinden!", rief Minsoo in die Nacht. „Was war denn das für ein beschissener Abschied?", rief er verzweifelt, doch er bekam darauf keine Antwort.

Er eilte ins Treppenhaus zurück und lief die Stufen hinauf, bis er das Dach erreichte. Doch auch von dort konnte er niemanden erblicken. Minsoo eilte zum Rand und blickte sich um. Auf den benachbarten Dächern konnte er ebenso niemanden sehen. Juhan war verschwunden.

Ein leeres Gefühl machte sich in seiner Brust breit, als er sich an der Mauer nach unten gleiten ließ und sich hinsetzte, mit dem Rücken daran angelehnt. Minsoo griff nach seinem Hemd, unter dem er den Verband fühlte, den er allerdings nicht mehr benötigte. Seine Wunde war zwar verschwunden, trotzdem fühlte er sich so, als wäre sein Innerstes entzweigerissen.

„Mistkerl!", flüsterte Minsoo wütend, während eine Träne seinem Auge entkam.

## Kapitel 52

„In Gangnam sind vergangene Nacht bei einer Schießerei zwei Männer ums Leben gekommen. Jackson Bae, Ende Zwanzig, war als Privatdetektiv in der Stadt, um den Serienmörder zu fassen. Leider fiel er diesem selbst zum Opfer. Als der Täter, Lee Jaewon, ein weiteres Opfer verschleppen wollte, konnten mehrere Polizisten vom Polizeirevier Gangnam seinen Versuch vereiteln. Lee, der eine Waffe zückte, um gegen seine Verhaftung vorzugehen, wurde von den Polizisten selbst erschossen. Bae ist im Schusswechsel ebenfalls ums Leben gekommen."

Minsoo wusste, dass die am nächsten Morgen in den Nachrichten geschilderten Geschehnisse so tatsächlich nicht passiert waren. Er konnte sich aber vorstellen, wie und aus welchem Grund die Wahrheit derart verzerrt wurde.

Als er das Haus verließ, entdeckte er ein bekanntes Gesicht auf der gegenüberliegenden Straßenseite. Der junge Mann mit roten Haaren winkte ihm fröhlich zu. Minsoo überquerte daraufhin die Straße, erwiderte Chris' Freundlichkeit jedoch nicht.

„Wo zum Teufel ist Juhan?", fragte er, sobald er in Hörweite des Halbvampirs war.

„Er schläft", antwortete Chris und steckte seine Hände in die Hosentaschen. Gleichzeitig bemerkte er, dass Minsoo sich nicht über sein Auftauchen freute.

„Bring mich zu ihm!", verlangte der Polizist von ihm.

„Das werde ich nicht!", antwortete Chris. „Er hat mir verboten, dir zu verraten, wo wir uns verstecken."

„Es ist mir egal, was er dir verboten hat", meinte Minsoo. „Du bringst mich jetzt sofort zu ihm!"

„Das werde ich nicht", teilte ihm Chris erneut mit. „Ich bin hier, um dich auf den neuesten Stand zu bringen, bevor wir endgültig die Stadt verlassen."

„Was meinst du damit?", fragte Minsoo.

„Du musst einiges wissen, damit du dich nicht in Schwierigkeiten bringst", sagte Chris. „Haru hat Yujuns Erinnerungen an uns gelöscht."

„Er hat was?", fragte Minsoo bestürzt. „Wie kann er nur?!"

„Es ist zu Yujuns Besten", sagte Chris ruhig. „Er hatte nicht viel mit uns zu tun und was letzte Nacht passiert ist, würde ihn wahrscheinlich viel zu sehr belasten. Natürlich habe ich ihn auch geheilt, nachdem ich ihn dort herausgeholt habe."

„Was ist mit Hoon?", fragte Minsoo nach seinem weiteren Freund.

„Haru hat ihm die Wahl gelassen", erklärte Chris. „Hoon wollte nicht, dass er uns vergisst, daher hat Haru seine Erinnerung nicht gelöscht. Hoon weiß, dass er uns vor Yujun nicht erwähnen darf."

„Gut", seufzte Minsoo. Immerhin würde er sich noch mit Hoon über die Vampire unterhalten können.

„Warte! Bedeutet das etwa, Yujun weiß nicht mehr, dass Vampire tatsächlich existieren?", fragte Minsoo.

„Richtig. Niemand von der Polizei weiß davon. Haru hatte eine anstrengende Nacht. Außerdem glauben alle, dass der Jäger ein gewöhnlicher Privatdetektiv war, der von dem Mörder umgebracht wurde."

„Und ...", Minsoo zögerte zu fragen. „Und was ist mit Jaewon? Ist er ... ist er wirklich tot?"

„Hat Juhan dir nichts gesagt?", erwiderte Chris auf die Frage. Minsoo schüttelte den Kopf. „Ja, Jaewon ist tot. Die offizielle Version lautet, dass er von einem Polizisten im

Gefecht getötet wurde, als er ein weiteres Opfer angegriffen hat."

„Wie geht es Juhan damit?", fragte Minsoo besorgt.

Chris antwortete dieses Mal nicht sofort und blickte auf den Asphalt. „Ich weiß es nicht", sagte er dann leise. „Er redet nicht über ihn. Seojun auch nicht." Dann sah er wieder Minsoo an. „Ich glaube, die beiden sind noch zu geschockt aufgrund der Tatsache, dass sie ihn nach so langer Zeit wieder gesehen und sofort wieder verloren haben. Sie werden wohl noch eine Weile verwirrt sein und Zeit benötigen, das alles zu verarbeiten."

Minsoo nickte und zeigte damit, dass er verstanden hatte.

Chris holte seine Hände wieder aus den Taschen hervor und breitete seine Arme aus. Er lächelte Minsoo an. „Ich finde es schade, dass wir gehen müssen, aber es ist besser so." Er umarmte Minsoo, ohne ihm eine Wahl zu lassen. „Ich hoffe, dir wird es gut ergehen", flüsterte Chris ihm ins Ohr. Dann ließ er ihn los und trat einen Schritt zurück. „Lebe wohl!", sagte er mit einem breiten Lächeln und mit einem Satz war er plötzlich verschwunden. Minsoo beeilte sich, nach oben zu schauen, und erkannte noch einen Zipfel von Chris' Jacke, als er über den Dächern verschwand.

Das war wohl das letzte Mal, dass er den jungen Vampir gesehen hatte.

Minsoo blieb noch einige Minuten stehen und dachte über die letzten Wochen nach. Er hatte viel erlebt. Und viele besondere Leute kennengelernt. Der Polizist wusste nicht, inwieweit ihn die letzten Wochen in der Zukunft beeinflussen werden, doch war er sich sicher, dass sich etwas geändert hatte. Sein Wissen über die Jäger der Nacht wird ihn mit Sicherheit noch lange begleiten und sein Urteilsvermögen ändern.

Auf dem Weg zum Polizeirevier dachte Minsoo darüber nach, ob er heute noch nach den Vampiren suchen sollte. Er wusste, dass sie erst in der Nacht verschwinden konnten und würden. Im Grunde genommen wollte er zumindest versuchen, Juhan davon zu überzeugen, in Seoul zu bleiben. Allerdings hatte er keine Ahnung, wo ihr neues Versteck war. Minsoo verwarf daher den Gedanken, als er auf seinen Parkplatz fuhr.

Im Polizeirevier war alles so wie immer. Niemand erinnerte sich an die Vampire und an alles Weitere, was damit zu tun hatte. In seinem Gespräch mit Yujun erfuhr er, dass man Jaewon auf frischer Tat ertappt hatte und sie daher Glück gehabt hätten, den Fall aufzulösen. Minsoo seufzte nur. Yujun freute sich über den Tod des Serienmörders. Minsoo konnte dem aber nicht zustimmen. Jaewon war Juhans Bruder gewesen. Wäre Jackson nicht gewesen, hätten sie sich vielleicht wieder versöhnt, wenn nicht letzte Nacht, dann vielleicht in ein paar Jahren. Vielleicht aber auch erst in hundert Jahren. Immerhin waren sie unsterblich.

Doch Jackson hatte diese Chance für die Brüder zunichte gemacht. Minsoo war daher nicht traurig darüber, dass Juhan Jackson getötet hatte.

Yujun fand sein Verhalten seltsam, doch Minsoo konnte es ihm nicht erklären. Nach einigen Überlegungen stimmte er Chris zu, dass es zu Yujuns Besten war, wenn er von all dem nichts wusste. Immerhin liefen sie nicht jede Nacht Vampiren über den Weg.

Es war äußerst unwahrscheinlich, dass sie jemals wieder in einen solchen Fall verwickelt sein würden. Ein Gedanke, der Minsoo in gewisser Hinsicht beruhigte. Auf der anderen Seite bedeutete es aber auch, dass er Juhan wohl niemals wiedersehen würde.

## Epilog

Es war mitten in der Nacht, als Minsoo dem Mörder durch dunkle Gassen hinterherjagte. Nicht zum ersten Mal fragte er sich, wieso es Gangnams Regierung nicht zustande brachte, alle Seitengassen mit Straßenlaternen auszustatten. Es war nicht nur für Gangnams Bürger gefährlich, sondern auch für ihn, der jetzt im Dunkeln über Schrott und Gerümpel springen musste, damit er den Mörder nicht aus dem Blick verlor.

Yujun war ihm schon lange aus den Augen entschwunden. Ein paar Straßen vorher hatte er behauptet, eine Abkürzung zu kennen, doch seitdem hatte er ihn nicht mehr gesehen. Von wegen Abkürzung: Sein Kollege hatte sicher aufgegeben.

Doch Minsoo resignierte nicht so schnell. Als er heute Morgen das Gesicht des Mannes gesehen hatte, wusste er sofort, wen sie suchten. Und als sie ihn heute Abend endlich in einem Supermarkt aufgespürt hatten, wurde seine Annahme bestätigt. Der gesuchte Mann zog ein Messer hervor, schlug damit wild um sich und flüchtete anschließend. Seitdem rannten ihm die beiden Polizisten hinterher in der Hoffnung, dass er körperlich nicht mehr lange durchhalten kann.

Unter einer Brücke auf einem düster beleuchteten Platz blieb der Mann endlich stehen und drehte sich um.

„Warum geben Sie nicht einfach auf?", fragte der Mann wütend zwischen tiefen Atemzügen, die Minsoo zeigten, dass er wahrscheinlich am Ende seiner Kräfte war.

„Wieso sollte ich?", fragte Minsoo zurück und stützte sich auf seinen Knien ab, ohne den Mann aus den Augen zu lassen. „Geben Sie endlich auf, damit ich Sie zum Revier bringen kann!" Minsoo setzte sich in Bewegung und näherte sich dem Mann.

„Ich habe ihn nicht getötet!", rief der Verfolgte und hielt Minsoo das Messer bedrohlich entgegen. Die Art, wie er das Messer hielt, zeigte Minsoo, dass er sich nicht damit auskannte. Niemand, der im Kampf mit Messern geübt war, würde es so halten.

Minsoo hingegen war darin geschult, gegen mit einem Messer bewaffneten Menschen zu kämpfen. Es war eine Grundtechnik, die jeder Polizist und jede Polizistin beherrschen musste.

„Fiel er dann etwa einfach tot um, weil er es so wollte?", fragte Minsoo den Mann und trat einen weiteren Schritt auf ihn zu. „War es spontane Selbstentzündung?"

„Woher soll ich das wissen? Ich habe es nicht getan!" Der Mann trat einen Schritt zurück, doch hinter ihm war ein Stützpfeiler der Brücke.

Minsoo nutzte den Moment der Verwirrung und stürmte vorwärts. Er griff nach der Hand, in der das Messer lag, und drückte es von sich weg. Mit der anderen Hand schlug er dem Mann kräftig in den Magen. Diesem schien dies nicht viel auszumachen, denn er drückte sofort mit seiner freien Hand gegen Minsoo, der den Griff um das Handgelenk des Mannes lockerte und anschließend löste. Der Verfolgte holte weit mit dem Messer aus und versuchte, von oben auf Minsoos Brust einzustechen. Minsoo konnte geschickt ausweichen – der Mann hatte wirklich nicht viel Erfahrung mit Messern – und ihm einen weiteren Schlag verpassen, dieses Mal gegen die Rippen.

Der Mann keuchte vor Schmerz auf und krümmte sich. Minsoo griff erneut nach der Hand mit dem Messer, doch sein Gegenüber ließ sich nicht so einfach überwältigen. Wirr schwang er das Messer umher, bis er zufällig den Polizisten traf.

„Minsoo!", schrie Yujun entsetzt. Als er die Stimme seines Freundes hörte, stöhnte er vor Schmerzen. Der Mann sah auf und entdeckte Yujun, der auf sie beide zurannte. Er ließ das Messer sofort fallen und lief weg. Im gleichen Moment, als Yujun Minsoo erreichte, wurde diesem bereits von jemandem aufgeholfen.

Überraschung war das Geringste all seiner Gefühle, die Minsoo in dem Moment überwältigten.

„Wer sind Sie?", fragte Yujun argwöhnisch und versuchte, seinen Partner von dem Fremden loszubekommen. Doch Minsoo schüttelte Yujun ab, ohne ihn auch nur anzusehen.

„Yujun, geh und verfolge den Typen! Mir geht es gut. Ich kenne ihn."

„Bist du sicher? Du bist doch verletzt", sagte Yujun besorgt und sah sich das Blut an, das von Minsoos Arm tropfte.

„Es ist nur ein Kratzer. Morgen ist nichts mehr davon da." Tatsächlich lächelte Minsoo, als er das seinem Freund mitteilte. „Jetzt verschwende nicht deine Zeit und schnapp den Typen!"

Yujun zögerte noch kurz, während er überlegte, was nun wichtiger war: die Verfolgung aufzunehmen oder bei seinem Partner zu bleiben. Doch Minsoo versicherte ihm, dass er nicht verbluten würde, daher nahm er die Verfolgungsjagd in die nächste dunkle Gasse auf.

Indessen starrte Minsoo ungläubig in das Gesicht des Mannes, der ihn stützte. Mit seinem unverletzten Arm hob er die Hand und strich dem Mann durch die Haare bis in den Nacken hinab.

„Du bist wieder hier", flüsterte er ungläubig.

„Ich bin wieder hier", bestätigte Juhan mit einem Lächeln.

Fasziniert von dem Anblick des attraktiven Vampirs vergaß Minsoo völlig, dass er fast verblutete. Denn im

Gegensatz zu dem, was er Yujun erzählt hatte, war es nicht nur ein kleiner Kratzer an seinem Arm. Die Klinge trat tief in die Seite ein. Mit einem Mal spürte Minsoo den Schmerz und ließ sich gegen Juhans Brust gelehnt zusammensacken.

„Ich glaube, ich verblute doch noch", sagte er mit gequälter Stimme.

„Du verblutest nicht", antwortete Juhan sanft und hob den Polizisten auf seine Arme. „Ich lasse dich doch nicht in meiner Gegenwart verbluten." Minsoo schlang seine Arme um Juhans Hals, der sich daraufhin in Bewegung setzte.

Innerhalb weniger Sekunden erreichten sie Minsoos Wohnung, in der ihn Juhan auf sein Bett legte.

„Kommt mir vor, als wäre es erst gestern gewesen, dass ich hier war", sagte der Vampir und blickte sich im Schlafzimmer um.

„Es war aber nicht gestern", sagte Minsoo mit gepresster Stimme. „Du warst drei Jahre lang verschwunden."

Juhan gluckste. „Drei Jahre sind wie gestern für mich."

„Hör auf zu lachen und tu bitte etwas gegen die Schmerzen, damit ich dich dann verprügeln kann, und zwar dafür, weil du damals einfach verschwunden bist", zischte Minsoo genervt und presste seine Hand gegen die Wunde. „Das wird nicht besser, wenn ich hier einfach nur herumliege!"

Juhan lachte. Er hatte Minsoo vermisst. Doch er tat, wie ihm befohlen wurde, und setzte sich auf das Bett neben ihn. Er biss sich ins Handgelenk und hielt es Minsoo vor seinen Mund. Dieser griff danach, doch bevor er das Blut trank, hielt er noch einen Moment inne.

„Was ist mit dir?", fragte Minsoo und hielt ihm auch sein Handgelenk hin.

„Ich bin nicht verletzt", antwortete Juhan lächelnd. „Mir geht es gut."

„Deine Augen sagen etwas anderes." Die Augen des Vampirs hatten einen leichten Rotschimmer und zeugten von einem Hunger, den Minsoo nicht kannte. „Ich sehe doch, dass du Durst hast."

„Du musst das nicht tun", sagte Juhan und griff zögerlich nach Minsoos Handgelenk. „Ich kann mir jemand anderes suchen."

Minsoo rollte nur mit den Augen und drückte sein Handgelenk selbst gegen Juhans Mund. Dann wandte er sich Juhans Blut zu und begann zu trinken. Kurz verspürte er einen Schmerz, als Juhans Fangzähne sich durch seine Haut bohrten. Minsoo war zufrieden. Er beobachtete Juhan dabei, als er sein Blut trank und seine Augen immer mehr zu glühen begannen. Es lag eine Zufriedenheit in Juhans Blick, den er schon seit Langem nicht mehr gesehen hatte.

Als der Vampir seinen Durst gestillt hatte und Minsoo sicher war, dass seine Wunden verheilt waren, zogen sie sich zurück und sahen einander schweigend an. Ihre Hände waren in Minsoos Schoß miteinander verschränkt. Wie vor drei Jahren gingen seine Hände in Juhans großem Griff unter. Fast so, als wären sie nicht größer als die von einem Kind.

„Ich habe oft an dich gedacht", sagte Minsoo schließlich und blickte scheu zu Juhan auf. Er zögerte kurz, doch beschloss dann etwas zu tun, was er schon damals, vor drei Jahren, hätte tun sollen. Er presste sanft seine Lippen gegen Juhans. Der Vampir erwiderte diesen Kuss nicht, drückte Minsoo jedoch auch nicht von sich. Juhan war wie versteinert.

Minsoo zog sich schließlich verwirrt zurück und sagte leise mit gesenktem Blick: „Tut mir leid. Ich habe anscheinend deine Signale falsch gedeutet." Minsoo brachte Abstand zwischen sich und dem Vampir, in dem er an die Wand rutschte. „Vergiss bitte einfach, was eben passiert ist."

„Das werde ich nicht", vernahm er Juhans tiefe Stimme, als dieser seine Fassung wiedergewann. Der Vampir griff nach Minsoos Beinen und zog ihn wieder zu sich. Er schlang einen Arm um seine Taille und legte die andere Hand in seinen Nacken.

Minsoo blickte Juhan überrascht an, doch dieser verschwendete keine weitere Zeit und küsste ihn leidenschaftlich. Der Mann verfiel diesem Kuss, der ihm alles sagte, was er wissen musste. Auch Juhan hatte oft an ihn gedacht und ihn sehr vermisst. Wenn dem nicht so gewesen wäre, hätte er sein Versprechen nicht gebrochen und wäre nicht nach drei Jahren wieder zurückgekommen.

Minsoo hatte zwar keine Vorstellung davon, wie seine Zukunft mit dem Vampir aussah. Allerdings wusste er, dass er es nicht wieder zulassen würde, dass Juhan plötzlich aus seinem Leben verschwindet.

Dieses Mal würde er ihn festhalten.

Dieses Mal würde er nicht zurückgelassen werden.

**Hauptcharaktere:**

**Menschen:**

Lee Minsoo:
Hauptkommissar der Mordkommission im Bezirk Gangnam, Seoul, in Südkorea. Er ist 27 Jahre alt und seit der Schulzeit mit Moon Yujun und Kim Hoon befreundet.

Moon Yujun:
Hauptkommissar der Mordkommission im Bezirk Gangnam, Seoul, in Südkorea. Er ist 25 Jahre alt und seit der Schulzeit mit Lee Minsoo und Kim Hoon befreundet.

Kim Hoon:
Er ist ein 26-jähriger Mann und ein alter Schulfreund von Lee Minsoo und Moon Yujun.

Jackson Bae:
Vampirjäger. Er ist 27 Jahre alt, wuchs in Kanada auf und hat dort gelebt, bis er in seinen Recherchen über das Übernatürliche auf eine Reihe von unerklärlichen Toten Anfang der 2010er-Jahre in Südostasien gestoßen ist. Jackson Bae ist vor drei Jahren nach Südkorea gezogen, um seiner Berufung als Vampirjäger nachzukommen.

## Vampire:

Vampire haben übernatürliche Fähigkeiten und sind in allem stärker und besser als Menschen. Sie müssen menschliches Blut zum Überleben trinken, besitzen übermenschliche Kräfte, sind schnell und haben verstärkte Sinne wie Hören, Riechen und Sehen. Menschen erhalten diese Fähigkeiten, wenn sie in einen Halbvampir verwandelt werden (es wird nur die Hälfte des Blutes vom Vampir in den Menschen übertragen). Wird der Auserwählte zum Vollvampir, kann er nicht mehr ins Tageslicht treten und erhält mit einer geringen Wahrscheinlichkeit eine zusätzliche Fähigkeit. Es wird vermutet, dass diese Fähigkeit mit der Persönlichkeit der Person vor seiner Verwandlung in Verbindung steht. Genaue Untersuchungen über Korrelation und Kausalität gibt es hierzu jedoch nicht.

### Lee Juhan:

Er wurde im Alter von 24 Jahren in einen Vampir verwandelt und hat einen leiblichen jüngeren Bruder namens Lee Jaewon, der ebenso ein Vampir ist. Er bezeichnet seine engsten Freunde, die auch Vampire sind, als Familie und fühlt sich für sie als Ältester von ihnen verantwortlich.

Juhan besitzt die Fähigkeit, die Gravitation zu kontrollieren und somit Dinge schweben zu lassen. Dies kann er nur auf Gegenstände anwenden. Die Gravitation von lebenden Dingen, wie Pflanzen und Menschen, kann er nicht beeinflussen.

### Ji Seojun:

Er wurde im Alter von 24 Jahren in einen Vampir verwandelt, ist der Zweitälteste in der Vampir-Familie und fühlt sich für die Jüngeren verantwortlich.

Seojun hat keine zusätzliche Vampirfähigkeit.

## Choi Haru:
Im Alter von 24 Jahren wurde Haru in einen Vampir verwandelt. Vor seiner Verwandlung war er Polizist in München, Deutschland.

Er besitzt die Fähigkeit, Menschen mit seiner Stimme zu kontrollieren, die allerdings nicht bei Vampiren wirkt.

## Kim Kimoon:
Im Alter von 21 Jahren wurde er in einen Vampir verwandelt und besitzt die Fähigkeit, den Aggregatzustand von Blut zu beeinflussen. Kimoon kann mit seinem Willen Blut verklumpen, verflüssigen oder verdunsten lassen. So ist es ihm möglich, aus einer kleinen Wunde Blut zu ziehen und es zu Blutkugeln zu formen. Diese bewahrt er in einer Holzschatulle auf. Mit dieser Fähigkeit ist es ihm auch möglich festzustellen, ob sich in seiner Umgebung Blut befindet.

## Chris Sohn:
Er wurde im Alter von 21 Jahren zum Halbvampir. Chris wuchs in Los Angeles auf und war ein Erfolg versprechendes Talent im Jugend-Nationalteam für Baseball. Da er an einer tödlichen Krankheit litt, hat ihn Juhan in einen Halbvampir verwandelt. Dadurch besitzt er die Fähigkeit, sich im Gegensatz zu seiner Familie in der Sonne bewegen zu können.

Chris ist trotz seines jungen Alters schneller als die meisten Vampire. Er vermutet daher, dass er als Fähigkeit die Schnelligkeit erhalten wird, sollte Juhan jemals zustimmen und ihn zum Vollvampir machen.

231

Lee Jaewon:

Im Alter von 21 Jahren wurde er zum Vampir. Er ist Lee Juhans leiblicher Bruder und besitzt die Fähigkeit, den Gleichgewichtssinn eines Menschen zu stören. Dies lässt sein Opfer glauben, betrunken zu sein. In seltenen Fällen bleiben die Menschen im Kopf bei Bewusstsein, auch wenn sie ihren Körper nicht mehr beherrschen können. Jaewon vermutet, dass dies damit zusammenhängt, ob sein Opfer auch für Hypnose anfällig ist oder nicht.